普希金诗选

[俄]普希金 著

刘文飞 译

中国画报出版社·北京

图书在版编目（CIP）数据

普希金诗选 /（俄罗斯）普希金著；刘文飞译. —北京：中国画报出版社，2016.6（2019.4重印）
ISBN 978-7-5146-1314-8

Ⅰ.①普… Ⅱ.①普…②刘… Ⅲ.①诗集—俄罗斯—近代 Ⅳ.①I512.24

中国版本图书馆CIP数据核字（2016）第109107号

普希金诗选		［俄］普希金 著	刘文飞 译	

出 版 人：于九涛
责任编辑：吴超莉
责任印制：焦 洋
出版发行：中国画报出版社
（中国北京市海淀区车公庄西路33号 邮编：100048）
开 本：32开（880mm×1230mm）
印 张：7.75
字 数：232千字
版 次：2016年6月第1版 2019年4月第3次印刷
印 刷：三河市龙大印装有限公司
定 价：30.00元

总编室兼传真：010-88417359 版权部：010-88417359
发 行 部：010-68469781 010-68414683（传真）

目 录

I / 译　序

1 / 致纳塔丽娅

7 / 理智与爱情

9 / 经历

11 / 给娜塔莎

13 / 老人

14 / 玫瑰

15 / 水与酒

17 / 我的墓志铭

18 / "是的，我曾幸福，是的，我曾享受……"

19 / 给一位画家

21 / 歌手

23 / 致摩尔甫斯

24 / 致友人

25 / 梦醒

27 / 为奥加廖娃即兴而作

28 / 窗

30 / 秋天的早晨

32 / 忧伤

34 / 哀歌

35 / 月亮

37 / 爱人的话语

38 / 愿望

39 / 极乐

41 / 凉亭上的题词

42 / 给黛丽娅

44 / 酒窖

46 / 致卡维林

48 / "别了,忠诚的柞木林……"

50 / 致某某

51 / 给她

53 / 自由颂

59 / 给丽达的信

61 / 题纪念册

62 / 告别

64 / 巴黎,1936年10月

66 / 题普辛的纪念册

67 / 她

68 / 致戈利岑娜公爵夫人(适赠其《自由颂》)

69 / 康复

71 / 致纳·雅·普柳斯科娃

73 / 致恰达耶夫

75 / "密林啊,在自由的寂静里……"

77 / "多么甜蜜!……可上帝啊,多么危险……"

78 / 致N.N.(给瓦·瓦·恩格里加尔特)

80 / 致家神

82 / 一幅未完成的画

83 / 欢乐的宴席

84 / 给丽拉

85 / 献给M的情诗

86 / 题索斯尼茨卡娅的纪念册

87 / 给巴枯宁娜

88 / 再生

90 / 给多丽达

91 / "我熟悉战斗，我喜爱刀剑的声响……"

92 / 一个忠告

93 / "唉！她为何要闪现出……"

95 / "我不为你们而惋惜，我春天的岁月……"

97 / "飞驰的云阵渐渐稀薄了……"

99 / 陆地与大海

101 / 缪斯

103 / 少女

104 / "我很快将沉默……但在忧伤的一天……"

106 / "忠诚的希腊妇人！你别哭泣……"

108 / 致友人

110 / "我温柔的朋友，最后一次……"

111 / "天穹仍将那样地庇佑着……"

113 / 致丹尼斯·达维多夫

115 / 第十诫

117 / "我爱你莫名的蒙眬……"

119 / 录自致雅·尼·托尔斯泰的信

121 / 致费·尼·格林卡

123 / "那神奇的往日岁月的女伴……"

125 / 囚徒

127 / 给阿捷丽

129 / 致弗·费·拉耶夫斯基

131 / "一人，我孤身一人……"

132 / "波涛啊，是谁使你停息……"

134 / 小鸟

135 / 夜

136 / "自幼就怀有一个甜蜜的希望……"

138 / "我是自由孤独的播种者……"

140 / 致列夫·普希金

141 / 生命的大车

143 / "一切都已结束：我们已无关系……"

144 / 阴险

146 / 致巴赫奇萨赖宫的泪泉

148 / 朔风

150 / "就算我已赢得美人的爱情……"

151 / 致航船

152 / 给婴儿

153 / 致克恩

155 / "假如生活欺骗了你……"

157 / "这最后的花朵之可爱……"

158 / "一切都献给了你的记忆……"

159 / "我的姐妹的花园……"

161 / "血液中燃着欲望之火……"

162 / 暴风雨

163 / 夜莺和布谷鸟

164 / 致叶·尼·伍尔夫

165 / 致维亚泽姆斯基

166 / 给叶·亚·季马舍娃

168 / "我过去怎样，现在仍怎样……"

169 / 致伊·伊·普辛

170 / 答费·杜某某

171 / 致某某

172 / 黄金和宝剑

173 / "在西伯利亚矿井的深处……"

175 / 夜莺和玫瑰

176 / 诗人

178 / "在达官贵人的金色圈子里……"

179 / 1827年10月19日

180 / 护身符

182 / "春天啊春天,爱情的季节……"

183 / 回忆

185 / "枉然的赐予,偶然的赐予……"

187 / 她的眼睛

189 / "美人儿,你别当着我的面……"

191 / 知己

192 / 预感

194 / 小花

196 / "夜幕笼罩着格鲁吉亚的山冈……"

197 / 冬天的早晨

199 / "我曾经爱过您:这爱情也许……"

200 / 高加索

202 / 雪崩

204 / 卡兹别克山上的修道院

205 / "当你那年轻的年华……"

207 / "你要我的名字有什么用……"

209 / 圣母像

211 / 哀歌

212 / 道别

214 / 咒语

216 / 不眠之夜写下的诗句

217 / "为了遥远祖国的海岸……"

219 / 回声

220 / 美人

222 / 致某某

224 / "在纯净无瑕的原野上……"

226 / "是时候了,我的朋友!心在祈求安宁……"

227 / "我在忧伤的风暴中成长……"

228 / "我忧伤地站在墓地中……"

230 / 乌云

231 / "我以为,心儿已失去……"

232 / "哦不,我并不厌倦生活……"

译　序

　　亚历山大·普希金（1799—1837）是俄罗斯最伟大的诗人，被誉为"俄罗斯文学之父"和"俄罗斯诗歌的太阳"。在他并不太长的创作生涯中，为我们留下了包括诗歌、小说、戏剧、文论、史著等大量文学遗产，而在这一切之中，最为后人所喜爱和传颂的，首先又是他的抒情诗作。

　　普希金的诗歌题材丰富多彩，个人情感和社会生活，爱情和友谊，城市和乡村，文学和政治，祖国的历史和异乡的风情，民间传说和自然景致，如此等等在他的抒情诗歌中都得到了反映。普希金首先是生活的歌手，对爱情、友谊和生活欢乐（及忧愁）的歌咏，构成了其诗歌最主要的内容之一。在其最初的诗作中，普希金就模仿巴丘什科夫等写起"轻诗歌"，后来，尽管忧伤的、孤独的、冷静的、沉思的、史诗的等诗歌基因先后渗透进了普希金的抒情诗，但对于生活本身的体验和感受，却一直是普希金诗歌灵感的首要来源。在普希金关于生活的抒情诗中，最突出的主题又是爱情和友谊。普希金一生从未停止过爱情诗的写作,他生平写作的爱情诗有二百余首,约占其抒情诗总数的四分之一。在普希金的爱情诗中,值得一提的有这样几首:《致克恩》(1825),《圣母像》(1830)和《"我曾经爱过您:这爱情也许……"》(1829)。在我国,《致克恩》无疑是最广为人知的普希金诗作之一:"我记得那神奇的瞬间:/在我的面前出现了你,/就像昙花一现的幻象,/就像纯洁之美的精灵。"

在普希金的抒情诗中,与爱情占据着同样地位的是友谊的主题,在这些诗歌中,普希金歌颂友谊,同时也谈论诗歌和生活、现实和幻想。在这些"友谊"诗中,普希金的"皇村主题"是最为赤诚的,除了他的两首《皇村的回忆》、他写给皇村学校同学的献诗外,普希金几乎每年都要在皇村学校建校纪念日(10月19日)这一天写一首诗。从这组"校庆诗"中,可以看出普希金情感上的变化,从少年时热烈的欢庆、对酒神的盛邀,到中年时面对越来越"稀疏"的聚会而发的感慨和哀伤。

普希金也是一位公民诗人。他是爱情和友情不渝的歌手,但他绝不仅仅沉湎在情感的象牙塔中,历史和现实的事件在他的抒情诗中都有所反映,大至拿破仑和1812年的卫国战争、希腊民族起义和俄土战争、波兰起义和西班牙革命,小至彼得的宴会、沙皇的凯旋、都市的沙龙和画展,都被普希金写进了他的抒情诗里。如果仅有那些杰出的爱情诗和友情诗而没有这些现实题材的抒情诗,普希金也许就不成为普希金了,而只能是一位巴丘什科夫式的优秀抒情诗人。作为抒情诗人的普希金之伟大,正在于他空前地扩大了抒情诗的容量,他让抒情诗渗透进了生活的各个层面,从而使抒情诗具有了广泛的社会影响,作为个人情感之抒发的抒情诗因而具有了社会意义。

　　普希金抒情诗歌的价值和意义，当然并不仅仅在于其广泛的题材和丰富的内容，而且更在于其完美的形式和独特的风格。总体地看待普希金的抒情诗，我们认为，其特色主要就在于情绪的热烈和真诚、语言的丰富和简洁，以及形象的准确和新颖。

　　抒情诗的基础是情，且是真诚的情。诗歌中的普希金，和生活中的普希金一样，始终以一种真诚的态度面对读者和世界。无论是对情人和友人倾诉衷肠，是对历史和现实做出评说，还是对社会上和文学界的敌人进行抨击，普希金都不曾有过丝毫的遮掩和做作。在对"真实感情"的处理上，普希金有两点是尤为突出的。第一，是对"隐秘"之情的大胆吐露。对某个少女一见钟情的爱慕，对自己不安分的"放荡"愿望的表达，普希金都敢于直接写在诗中。第二，是对忧伤之情的处理。普希金赢得了许多爱的幸福，但他也许品尝到了更多爱的愁苦，爱和爱的忧伤似乎永远是同一枚硬币的两面。普希金一生都境遇不顺，流放中的孤独，对故去的同学和流放中的朋友的思念，对不幸命运和灾难的预感，时时穿插进他的诗作。但是，令我们吃惊的是，普希金感受到了这些忧伤，写出了这些忧伤，但这些体现在诗中的忧伤却焕发出一种明朗的色调，使人觉得它不再是阴暗和沉重的了。

　　普希金抒情诗歌在语言上的成就，在其同时代的诗人中间是最为突出的。一方面，普希金的诗歌语言包容进了浪漫的美文和现实的活词、传统的诗歌字眼儿和日常的生活口语、都市贵族们的惯用语和乡野民间流传的词汇、古老的教会斯拉夫语和时髦的外来词等，表现出了极大的丰富性，通过抒情诗这一最有序、有机的词语组合形式，对俄罗斯的民族语言进行了一次梳理和加工，使其表现力和生命力都有了空前的提高，正是在这个意义上，普希金不仅被视为俄罗斯民族文学的奠基人，而且也被视为现代俄罗斯语言的奠基者。普希金诗歌语言的丰富，还体现在其丰富的表现力和其自身多彩的存在状态上。严谨的批评家别林斯基在读了普希金的第一部诗集后，就情不自禁地也用诗一样的语言对普希金的诗歌语言做了这样的评价："这是怎样的诗啊！……俄罗斯语言一切丰富的声响、所有的力量都在其中得到了非常充分的体现。……它温柔、甜蜜、柔软，像波浪的絮语；它柔韧又密实，像树脂；它明亮，像闪电；它清澈、纯净，像水晶；它芳香，像春天；它坚定、有力，像勇士手中利剑的挥击。在那里，有迷人的、难以形容的美和优雅；在那里，有夺目的华丽和温和的湿润；在那里，有着最丰富的旋律、最丰富的语言和韵律的和谐；在那里，有着所有的温情，有着创作幻想和诗歌表达全部的陶醉。"另一方面，普希金的诗歌语言又体现出了一种简洁的风格。人们常用来总结普希金创作风格的"简朴和明晰"，在其抒情诗歌的创作上有着更为突出的体现，在这里，它首先表现为诗语的简洁。普希金的爱情诗、山水诗和讽刺诗大多篇幅不长，紧凑的结构结合精练的诗语，显得十分精致，普希金的政治诗和友情诗虽然往往篇幅较长，但具体到每一行和每个字来看，则是没有空洞之感的。在普希金这里，没有"多余"的词和"音节"，他善于在相当有限的词语空间里尽可能多地表达感情和思想，体现了高超的艺术的简洁。果戈理在总结普希金的这一诗语特征时写道："这里没有滔滔不绝的能言善辩，这里有的是诗歌；没有任何外在的华丽，一切都很朴素，一切都很恰当，一切都充满着内在的、不是突然展现的华丽；一切都很简洁，纯粹的诗歌永远是这样的。词汇不多，可它们却准确得可以显明一切。每个词里都有一个空间的深渊；每个词都像诗人一样，是难以完整地拥抱的。"别林斯基和果戈理这两位普希金的同时代人，这两位是最早对普希金的创作做出恰当评价的人，分别对普希金诗歌语言的两个侧面做出了准确的概括。

致纳塔丽娅①

Pourquoi craindrais-je de le dire?
C'est Margot qui fixe mon gout.②

我就这样偶然地知道,
丘比特是怎样的一只鸟;
火热的心已经被俘虏;
我承认——我恋爱了!
幸福的时光已经逝去,
从前,我不知爱情的重负,
我一边生活着一边歌唱着,
无论是在剧院还是在舞场,

---

① 这是普希金留存下来的第一首诗作,它是献给设在皇村的B. 托尔斯泰伯爵家庭剧院中的一位女演员的。

② 法文:"我为何不敢把这一点说明? / 玛尔戈俘虏了我的感觉。"——引自法国作家拉克洛(1741—1803)的《致玛尔戈》。

无论是在玩耍还是在嬉闹，
我都像一阵轻风似的飞翔；
我常常嘲笑爱神，
对某个可爱的女性
写上几句漫画般的诗行；
可我的嘲笑已枉然，
最终自己也坠入了情网，
自己，唉！也已疯狂。
嘲笑，自由——都抛在脑后，
我已经告别加图①。

如今我成了赛拉东②！
她是献身于塔利亚③的美女，
一看见纳塔丽娅的娇美，
丘比特便把我的心射中！

纳塔丽娅！我得承认，
我的心中充满了你。
我害羞，我还是第一次——

---

① 古罗马历史上有过两个加图：大加图（前234—前149）和小加图（前95—前46），后者是前者的曾孙，此处约指后者，因为小加图是斯多葛学派的信徒，主张宿命论和禁欲主义。
② 法国作家于尔菲（1567—1625）的小说《阿斯特雷》中的男主人公，是一个温柔多情的牧童。
③ 缪斯之一，司喜剧。

爱上女性的娇美。
从早到晚，无论我在哪里，
只有你占据着我的心灵；
夜幕降临，我看见的也只有你，
置身于那空旷的幻想，
我看见，身披轻盈的衣，
心爱的你啊……仿佛在我身旁。
那胆怯而甜蜜的呼吸，
那洁白的胸脯的颤动，
胸脯洁白得胜过白雪，
那半闭半启的美目，
静谧的夜晚那朦胧的黑暗——
这一切都使我一阵喜悦……
我独自和她在凉亭里，
我看见……那处女的百合，
我颤抖，苦恼，无言……
我醒来……在孤独的床边，
我看到了只有黑暗！
我深深地叹息着，
那慵倦的梦半睡半醒，
正张开翅膀飞去，
欲望越来越强烈，
我受着爱情的折磨，
一刻比一刻更无力。
意念它一直在追求什么？

追求什么——我们中间，
谁也不会将它对女士说清，
而要想方设法地遮掩，
我，却要来把它道明。

所有的情人都在渴望：
他们自己也不清楚的东西。
这是他们的本性，我真是惊奇！
裹一身宽大的长袍；
歪戴一顶帅气的小帽，
我倒愿做一个费里蒙，
在暗影遍布的晚上，
挽住阿纽塔①的纤手，
诉说爱情的痛苦，
并宣布：她是我的人啦！
我希望：你是娜佐拉②，
你竭尽全力地在用
你那娇媚的目光把我挽留；
要么我就做白发的保护人，
那被命运抛弃的老头，

---

① 费里蒙和阿纽塔是由阿勃列西莫夫作词、索科洛夫斯基作曲的歌剧《巫师磨坊主、骗子和媒人》（1779）中的两个人物。
② 萨基尼的歌剧《被嘲弄的吝啬鬼》中的人物。

去监护轻盈、娇小的罗丝娜①，
戴着假发，披着斗篷，
用他粗鲁、滚烫的手，
抚摸那雪白、丰满的胸脯……
我愿是……
可是单腿迈不过那汪洋大海，
纵然我爱你一往情深，
但我和你两相分离，
我便失去了所有的希望。

然而，纳塔丽娅！你不知道，
谁是你温柔的赛拉东；
你心里也没明白，
他为何连希望也不敢拥有。
——我的纳塔丽娅啊！
请你再听听我的倾诉：

我不是后宫的主宰，
不是黑奴，不是土耳其人。
也不能把我当成一个
彬彬有礼的中国人，
或蛮横粗鲁的美国人；

---

① 罗丝娜是博马舍的歌剧《塞维勒的理发师》（又名《防不胜防》，1775）中的人物，她的"保护人"即医生霸尔多洛，他企图强娶罗丝娜为妻，结果因"防不胜防"而失败。

也别视我为德国人；
头戴一顶高高的帽子，
手举盛满啤酒的酒杯，
嘴里咬着手卷的烟卷①。
也别将我当成一名重骑兵——
戴着头盔，手持长刀，
我不喜欢战争的喧嚣：
我不会为了亚当的罪过，
用我的手来举起
长剑、战斧和马刀。

"你到底是谁，唠叨的有情人？"
请看那高高的院墙，
那儿永远是寂静的暗影；
请看未紧闭的窗户，
那儿有一盏盏的灯在闪亮……
知道了吧，纳塔丽娅！我是……一个僧人！②

1813

---

① 这里的"外国人"均为当时一些歌剧中的形象："后宫的主宰"可能是莫扎特的歌剧《后宫诱拐》（1782）中的形象，"彬彬有礼的中国人"是B. A. 帕什凯维奇根据叶卡捷琳娜二世的文本所作的歌剧《费维伊》（1786）中的形象；"蛮横粗鲁的美国人"是由福明作曲、И. А. 克雷洛夫和克鲁申作词的歌剧《美国人》（1788）中的形象；"德国人"是无名氏的歌剧《啤酒师》（又名《掩藏的气质》，1789）中的形象。

② 在此处及这一时期的其他诗作中，普希金常将皇村学校称为"修道院"。

理智与爱情

少年达佛尼斯①在追逐多里斯②,
他在喊:"停停!美人,停一停!
说一句'我爱你',
我便不再追你,我以爱神起誓!"
"住口!住口!"理智在说,
可爱神却说:"说吧,你真可爱!"

"你真可爱!"牧女重复了一句。
他俩的心中于是燃起了爱火,
达佛尼斯跪在美人的脚下,
多里斯垂下了多情的眼睛。
"跑开!跑开!"理智对她说,
而爱神却在说:"请留下来!"

---

① 希腊神话中的西西里牧人,牧歌的创造者。
② 希腊神话中海神的妻子或姐妹。

她留下了——幸福的牧童
用颤抖的手将她的手紧握。
他说:"瞧,在椴树的浓荫里,
两只鸽子正在相互拥抱。"
"跑开!跑开!"理智反复地说,
爱神却对她说:"学它们拥抱!"

在美人那滚烫的唇边,
滑过一道温柔的微笑,
她带着眼中的缱绻,
倒进了情郎的怀抱……
"祝你幸福!"爱神对她说。
理智呢?理智已无话可言。

1814

经历

有人能以冷漠的理智
暂时地将爱情阻挡,
他不会用沉重的镣铐,
锁住爱情的翅膀。
就让他不笑,不乐,
和严峻的智慧结盟,
但他仍会与理智争论,
虽然不高兴,仍会开门,
当那淘气的爱神
走上前来,叩着门。

我以自己的经历,
体会到这些话的真实。
"一路平安!再见,爱情!
我要飞翔,不随赫洛娅,
而跟着盲目的女神。

我要抓住幸福！幸福！"
怀着疯狂的傲慢，我在想。
突然我听到喧嚣的笑声，
我回头一望——见爱神
走上前来，叩着门……

不！显然，我不能！
与此神在争吵中生活，
当老帕耳卡还在那里
纺着生命的细线，
且让爱神将我主宰！
去欢乐！这是我的法则。
死亡将打开恐怖的坟墓，
明亮的眼睛将会暗淡，
而那爱神却不会
走上前来，叩墓门……

1814

给娜塔莎①

美丽的夏日谢了,谢了,
明朗的日子正在飞去;
夜晚那阴霾的浓雾,
在昏聩的暗影中弥漫;
葱葱的田地空旷了;
喧闹的小溪变得冰凉;
鬈发的森林白了头;
高高的天穹也显得凄凉……

光明的娜塔莎!你如今在哪儿?
为何谁也见不到你?
或是你不想与知心的朋友,
将那共同的时光分享?

---

① 此诗是写给宫中女官B. M. 沃尔孔斯卡娅公爵夫人的一位侍女的。宫廷一般在夏天来到皇村,在秋天又回到彼得堡。

无论是在芬芳的椴树下，
还是在波光荡漾的湖上，
我都见不到你的倩影，
无论是早晨，还是晚上。
很快，很快，冬天的寒冷
就将来到森林和田地；
在烟雾缭绕的茅屋里，
炉火很快又明亮地燃起。
我将看不到迷人的她，
像小笼子中的一只黄雀；
我将坐在家中忧伤，
我将把娜塔莎回忆。

1814

老人①

我已不再是那个热情的恋人，
不再惊异于先前的天地：
我的春天和我美丽的夏日
都已逝去，没留下一丝痕迹。
阿穆尔②啊，青春时代的神！
我曾经是你忠诚的仆人；
啊，如果我能重生一次，
我仍旧要那样为你献身！

1814—1815

---

① 这是普希金对法国诗人马罗（1496—1544）的《论自己》一诗的"自由翻译"。
② 罗马神话中的爱神。

玫瑰

我的朋友们,
我们的玫瑰在哪里?
玫瑰枯萎了,
这霞光的子女。
不要说:
青春就这样衰亡!
不要说:
这就是生活的欢畅!
请对这小花说:
别了,我真惋惜!
然后给我们指出,
百合花在哪里。

1815

水与酒

我喜欢在炎热的午后,
从溪流里舀起一盏清凉,
我喜欢在僻静的林中,
看流水如何拍溅在岸上。
当美酒斟得满满盈盈,
在轮饮的杯盏中翻滚,
请问,心预感到了欢乐,
谁能不哭泣,朋友们?

让那大胆的人遭到诅咒,
谁若受了疯狂欺骗的诱惑,
第一个伸出他罪孽的手,
哦,恐惧!……把水掺进了酒!
让这样的恶棍遭到诅咒!
让这样的人再也无力饮酒,

或者，虽然拥有一杯又一杯，
却让他分辨不出各类美酒！

1815

我的墓志铭

此处安葬着普希金；他与年轻的缪斯，
与爱情和慵懒一起度过了欢乐的一生，
他没有做过什么善事，但是谢天谢地，
　　他可是一个好心人。

1815

"是的,我曾幸福,是的,我曾享受……"[1]

是的,我曾幸福,是的,我曾享受,
我曾陶醉于静静的欢乐和狂喜……
　　那欢娱的一天哪儿去了?
　　它乘着梦的翅膀飞去,
　　享受的魅力也已凋零,
我的周围又是一片阴暗的忧郁!……

1815

---

[1] 此诗写在诗人1815年11月29日的日记中,是献给E.巴枯宁娜的。

给一位画家①

美惠女神和灵感的孩子,
趁心灵燃着火样的激情,
请你用随意的享受之笔,
为我描绘我的心上人。

描绘纯洁迷人的美丽;
描绘意中人可爱的特征;
描绘那天上欢乐的微笑;
描绘那美丽无比的眼神。

请把维纳斯的腰带,

---

① 此诗是写给普希金皇村学校的同学伊里切夫斯基的,普希金曾请他为叶卡捷琳娜·帕夫洛夫娜·巴枯宁娜画像。此诗曾被普希金的另一位同学科尔萨科夫谱曲后在皇村学校里被广为传唱。

系上她赫柏①般的细腰,
请用阿利巴尼②的妙笔,
来把我的女王环绕。

请在她那起伏的胸口,
披上波浪般透明的薄衣,
好让她能穿着那衣服呼吸,
当她想要暗暗地叹息。

请画出羞怯爱情的幻想,
那样的幻想我也怀有,
我将在画的下方签名,
以这只幸福恋人的手。

1815

---

① 希腊神话中的青春女神。
② 阿利巴尼(1578—1660),意大利画家。

歌手[1]

你们可曾听见树林后面那深夜的歌声？
那是一位爱情和哀伤的歌手在歌唱。
当清晨的田野一片寂静，
那忧郁、朴素的声音在鸣响，
你们可曾听见？

你们可曾在林中荒芜的黑暗中遇见他？
那是一位爱情和哀伤的歌手在歌唱。
你们可曾看到泪痕和微笑，
看到那满含忧愁的静静的目光？
你们可曾遇见？

---

[1] 此诗可能受到茹科夫斯基的《歌手》（1811）一诗的影响，诗中抒发了普希金对他同学的姐姐巴枯宁娜的爱慕。

你们可曾叹息,当听见那静静的歌声?
那是一位爱情和哀伤的歌手在歌唱。
当你们在林中看到这个青年,
遇见他那暗淡无神的目光,
你们可曾叹息?

1816

致摩尔甫斯①

摩尔甫斯,在天明之前,
请赐给我痛苦爱情的享受。
来吧,吹灭我的灯,
请来为我的幻想祝福。
把离别这可怕的判决,
从忧伤的记忆中抹去!
让我看见那可爱的目光;
让我听见那可爱的嗓音。
当夜的黑暗飞驰而去,
你便离开了我的眼睛。
哦,那该有多么好啊,
如果心在天黑前能忘掉爱情!

1816

---

① 摩尔甫斯是希腊神话中的梦神。

致友人

诸神还会赐给你们,
金色的白天和金色的晚上,
她们还会专望着你们,
那些神情缱绻的姑娘。
玩吧,唱吧,哦朋友们!
度过这短暂的良宵;
为了你们无忧的欢乐,
我透过眼泪发出了微笑。

1816

梦醒

幻想啊,幻想!
哪儿是你们的甜蜜?
你在哪里,你在哪里?
深夜里的欢喜,
它消失了。
那欢乐的梦境,
我醒来了,
在深深的黑暗中,
我孤身一人。
床铺的四周,
是聋哑的夜。
突然冷却了,
突然飞走了,
爱情的幻想,
成群结队地离去。

但是心灵
还充满希冀，
它还在捕捉
梦的回忆。
爱情啊，爱情！
听听我的祈求：
把你那些梦境，
再让我享受，
让我再次陶醉吧，
在天亮的时候，
让我趁早死去吧，
在未醒的时候。

1816

为奥加廖娃即兴而作

我默默地坐在你的面前,
枉然地感受着折磨,
我枉然地将你凝望,
却不能如实地说出,
心中翻腾着幻想。

1816

窗

不久前的一个夜晚,
当一轮凄凉的月亮,
投下了朦胧的光柱。
在窗边我看到一位姑娘,
她沉思地坐在那儿,
胸中怀着隐秘的恐惧,
她激动不安地望着
山后那条黑暗小径。

"我在这儿!"匆匆的一声。
姑娘伸出颤抖的手臂,
窗户羞怯地打开了……
月亮躲进了黑暗里。
"幸运儿!你将有欢欣。"
我在忧愁地感慨。

"在哪个夜晚里，
窗儿也会为我打开？"

1816

秋天的早晨①

响起喧哗,田野的芦笛,
惊扰了我独居的宁静,
随着那可爱的爱情幻想,
逝去了我最后的梦境。
夜的暗影已从天上滑落,
朝霞升起,白日苍凉地闪亮,
我的四周是沉寂的荒凉……
她已离去……我站在河岸旁,
爱人她曾在傍晚来在这方。
哪儿都已不见我的美人,

---

① 1816年,对叶卡捷琳娜·帕夫洛夫娜·巴枯宁娜的爱慕之情,使17岁的皇村学校学生普希金写下了一组情诗,这组诗后来被称为"1816年哀歌组诗",《秋天的早晨》是这组诗的开篇,组诗还包括《哀伤》《哀歌》《月》《歌手》《致摩尔甫斯》《爱人的话》《"只有爱情,是冷漠生活的欢乐……"》《模仿》《愿望》《致友人》《幸福》《梦醒》《致书信》等诗。

哪儿都已不见她的踪迹。
我忧郁地徘徊在密林深处，
反复念叨着那难忘的芳名。
我呼唤她，只有空空的山谷
在远方回应这孤独的声音。
我怀着幻想来到小溪边，
小溪的水在缓慢地流淌，
水中却没了那美妙的映象。
她已离去……直到甜蜜的明春，
我不会再享有幸福和欢畅。
秋天已经用那凉凉的手，
剥去了白桦和椴树的冠服，
它在荒凉的树林间喧嚣，
枯死的树叶在林中日夜飞舞，
雾蹲在枯黄的田野上，
偶尔有风的呼啸响过。
田野、山冈，熟悉的树林！
你们这神圣寂静的守护神！
你们是往日欢乐的见证人！
已被忘却……直到甜蜜的明春！

1816

忧伤[1]

可爱的朋友！我在与你别离。
心灵沉睡了，我在默默地愁郁。
无论当白天在青山那边闪耀，
还是当黑夜和秋月一同升起，
遥远的朋友，我始终在将你寻觅；
无论在哪里我都只把你回想，
蒙眬的梦里我见到的也只有你；
沉思着，我会不由自主地呼唤，
倾听着，我竟听到了你的声息。
哦，竖琴，我痛苦心灵的伴侣，
你也在与我一同感到伤心！
你的琴弦发出哀怨的闷响，
你记住的全是忧伤的声音！……

---

[1] 此诗原题为《别离》，后经过多次修改，题目改为《忧伤》。

哦,朋友,请与我一同忧伤!
让你那些随意的歌唱,
唱尽爱情那不尽的愁郁,
让那些沉思的少女们,
在你的琴声后发出叹息!

1816

哀歌

他是幸福的,那敢于
无畏地承认激情的人;
在那未卜的命运之中,
隐隐的希望将他爱抚;
可在我忧伤的生活中,
却没有隐秘欢乐的享受;
早开的希望之花已凋零,
生活之花因痛苦也将枯萎!
青春将要忧伤地逝去,
随它而谢的还有生活的玫瑰。
但是被爱情遗忘的我,
永远不会忘记爱情的眼泪。

1816

月亮

为何要步出云层?
你这孤独的月亮。
为何你要透过窗户,
把暗淡的光投在枕上?
你以那朦胧的影像,
唤起了忧郁的幻想,
爱情那枉然的痛苦,
和我严厉的理智也
无法将其克制的愿望。
安睡吧,不幸的爱情!
远远地飞去吧,回想!
那样的夜晚已不再有,
当你那隐秘的光亮,
在静谧安详地照耀,
透过深暗的窗帘,

淡淡地，淡淡地映在
我心爱美人的脸庞。
时光啊，你为何
如此之快地飞翔？
轻盈的暗影稀疏了，
面对意外的霞光？
月儿，你为何溜走？
在明亮的天空沉没；
晨光为何要闪耀？
我为何与爱人分手？

1816

爱人的话语

我在钢琴旁听丽拉唱歌;
她的歌声美妙动听,
胜过静谧湖畔的夜莺,
或夜半鸣响的竖琴。
我的泪水夺眶而出,
我对可爱的歌手说:
"你忧伤的声音很美妙,
但我的爱人的话语,
比丽拉的情歌更让人倾倒。"

1816

愿望

我在流泪,泪水给我以安慰;
我在沉默,我的低语没出声,
我的心灵充满了忧伤,
其中也有痛苦的幸福。
哦,生活的梦!飞吧,我不惋惜,
虚幻的梦境,请在黑暗中消失;
我珍重我那爱情的痛苦,
就是死,我也要爱着去死!

1816

极乐

生命的花朵刚刚开放,
就在苦闷的囚禁中枯萎,
青春悄悄地飞逝而去,
它留下的痕迹只是伤悲。
从诞生的无知觉时刻,
到这温情的青年时代,
我还从未品尝过极乐,
抑郁的心中没有过幸福。

站在生活的门槛旁,
我焦急地望着远方,
我幻想:"那边有极乐!"
可我在随着幽灵飞翔。

年轻的爱情出现了,
它展开金色的翅膀,
呈现出温柔的美妙,
在我的眼前翱翔。

我追随……可我达不到
那遥远的、可爱的目标……
那被欢乐赋予翅膀的
幸福瞬间,何时能来到?
青春岁月那昏暗的灯盏,
何时才能燃起火光?
我女伴的微笑何时才能
将我阴暗的旅途照亮?

1816

凉亭上的题词

来这里吧,年轻的过客,
带着一颗虔诚的心灵,
来到这爱情的空旷住处。
在此我曾因爱情而幸福,
又在情欲的狂喜中熄火,
就连时间本身也为我们,
在此做过片刻的停留。

1814—1816

给黛丽娅

哦,亲爱的黛丽娅!
快来,我的美人;
金色的爱情之星,
升到了天空之上;
月亮在默默地滑行;
快,你的阿耳戈斯已走远,
梦已经蒙住了他的眼睛。

在静悄悄的树林
那隐秘的暗影里,
一条僻静的溪流,
闪着银色的波浪,
和着忧伤的菲罗墨拉歌唱。
爱情的欢乐寓所已经备好,
清纯的月亮将它照亮。

那黑夜的暗影,
将罩在我们头上,
林中的树荫在睡,
爱的瞬间在飞翔,
欲望在我的周身燃烧,
快来相会,哦,黛丽娅!
快快投进我的怀抱。

1814—1816

酒窖

哦,请把我怜悯,
同学朋友们!
我已受尽了折磨,
因为年轻的美人。

我的命运真苦,
我不禁感到悲哀,
请你们拿来酒杯,
请把酒窖打开。

酒瓶那高傲的队列,
藏在那儿的冰块儿中,
订购来的黑啤酒,
那儿也保存着一桶。

酒神结结巴巴地，
为我们指明了酒窖，
让我们全都摇晃着，
在酒桶边躺倒！

桶中有对心的慰藉；
有对歌手的奖赏；
有我的诗句的烈火；
有爱的痛苦的遗忘。

1816

致卡维林[①]

请忘记吧,我亲爱的卡维林,
那些偶尔嬉闹时写下的不逊的诗行。
请相信吧,是我第一个
爱上你那些幸福的放荡。
一切都在按照特定的次序到来,
一切都有自己的时辰和瞬间;
一个轻浮的老人固然可笑,
一个老成的青年也同样滑稽。
趁我们还活着,你就享乐吧,
请漫步走进我的记忆;
向巴克斯和爱情膜拜吧,
别去在意愚民们忌妒的闲语;

[①] 彼得·帕夫洛维奇·卡维林(1794—1855)是普希金的朋友,他是当时驻扎在皇村的一个骠骑兵团中的军官。

他们不知道：与西色拉和柱廊；
与书籍和酒杯，也能友好地活在一起；
崇高的智慧也可能
披着疯狂的淘气那轻浮的外衣。

1817

"别了,忠诚的柞木林……" ①

别了,忠诚的柞木林,
别了,田野上坦然的安宁,
别了,匆匆流逝的岁月
那轻快如飞的欢欣!
别了,三山村,在这儿,
欢乐多少次地和我相遇!
难道我品尝了你们的甜蜜,
就为了和你们永久地分离?
我把心儿留给你们,

---

① 从皇村学校毕业后,普希金曾于1817年夏在普斯科夫省他母亲的庄园米哈伊洛夫斯科耶住了五个星期,在临行前,普希金在普拉斯科维娅·亚历山大罗夫娜·奥西波娃(1781—1870)的纪念册上写下了这首诗。奥西波娃是与米哈伊洛夫斯科耶毗邻的庄园三山村的女主人,普希金一直与她和她的女儿保持着友好的关系。

只从你们这里带走回忆。
也许(一个甜蜜的幻想!),
我崇拜友谊的自由;
崇拜欢乐、娇美和智慧,
我还会返回你们的田庄,
躲进椴树下的浓荫,
走上三山村那斜斜的山冈。

1817

致某某

你不要问,在欢娱之间
我为何常常带有忧郁的心情,
为何用哀伤的目光看待一切,
为何不留恋甜蜜生活的梦境;

你不要问,我冷却的心
为何已不爱那欢乐的爱情,
不再称任何人为亲爱的——
爱过一次的人,便再也不会钟情;

尝过幸福的人,便再也不懂幸福。
赐给我们的幸福只有短暂的瞬息:
青春、欢乐和情欲之后,
留下的只有忧郁……

1817

给她①

在忧郁的闲散中我淡忘了竖琴,
梦幻中的想象也燃不起火星,
我的天才带着青春的馈赠飞去,
心儿也在慢慢地冷却,关闭。
哦,我春天的时光,我再次把你呼唤!
那友谊、爱情、希望和柔情的时光,
在寂静的暗影下飞快地逝去,
当我,这诗歌的平静的崇拜者,
在幸福的竖琴上轻轻地歌唱,
歌唱爱情的激动和离别的苦愁——
密林的涛声向着高山
传达了我沉思的声响……
枉然!我重负着可耻的懒惰,

---

① 此诗是写给巴枯宁娜的。

不由自主地陷入冷漠的昏睡,
逃避欢乐。逃避亲爱的缪斯,
告别了荣光,满含着热泪!
但是突然,像一道闪电,
青春在枯萎的心里燃起,
心灵苏醒。心灵复活,
我又尝到爱情的希望、悲伤和欢喜。
一切都又开出花朵!
生活让我颤抖;
大自然的证人,再次激动,
我感觉得更活跃,我呼吸得更自由,
我为美德更紧地俘获……
赞美爱情啊,赞美诸神!
甜蜜竖琴那青春的声音再次响起,
我要把响亮颤抖着的复活的琴弦
带到你的脚下!……

1817

自由颂①

去吧,快躲开我的眼睛,
西色拉岛软弱的王后!
你在哪里,诸王的雷霆,
高傲的自由的歌手?
来吧,快摘去我的桂冠,
摔碎我温柔的竖琴……
我想对世界歌唱自由,
我要痛斥王位上的罪行。

请为我指明那个高卢人
他崇高而辉煌的足迹,②
在那光荣的灾难中,

---

① 这首反专制的诗作写成后,曾以手抄本的形式广为流传,1820年,当局获悉此诗,于是;此诗便成了普希金遭流放的主要原因之一。
② 据普希金的研究者称是指法国诗人谢尼耶(1762—1794)。

你使他唱出勇敢的歌曲。
轻浮命运的宠儿们,
颤抖吧!世间的暴君!
而你们,匍匐的奴隶,
请倾听吧,再挺起身!

唉!无论我向哪里看去,
到处都是皮鞭,是镣铐,
是法律致命的耻辱;
是奴隶们软弱的泪水;
到处是不公正的权力,
在偏见那浓密的黑暗里,
威严的奴役天才和可怕的
荣誉激情——它登了基。

统治者的脑袋上,
才不会悬着人民的苦役,
只有当神圣的自由
和强大的法律结合一体;
只有当法律的厚盾保护众人,
只有当公民们忠诚的手
紧握利剑,毫无选择地
在平等的脑袋上方挥过。
高出众人的罪恶,
将被正义的一击所斩首;

只有当他们的手不被收买,
不为贪婪和恐惧所动。
统治者!是法律而非上天,
给了你们宝座和帝号;
你们高居于人民之上,
但永恒的法律比你们更高。

那就会有不幸,民族的不幸,
如果法律在粗心地瞌睡,
如果无论人民或者皇帝,
全都能够左右法律!
我要请你来做证,
哦,光荣错误的牺牲品,
因为祖先,你那皇帝的脑袋
跌落在不久前的风暴里。①

在无言的后代的眼前,
路易走向了死亡,
他把卸下王冠的头颅,
放在血腥的断头台上。
法律在沉默,人民在沉默,
罪恶的斧头落下了……
于是,凶手的紫袍

---

① 指法国国王路易十六于1793年1月21日被杀。

套在被缚的高卢人身上。①

你这专制的恶人啊!
我憎恨你和你的王位,
我带着残忍的欢喜,
目睹你和儿女的灭亡。
人们在你的前额,
读到了人民的诅咒,
世界的恐惧,自然的耻辱,
你是对人间之神的亵渎。

当一颗夜半的星辰,
照耀着幽暗的涅瓦河,
当一场静静的梦,
重压着无忧无虑的头,
沉思的歌手正在凝视
一座被遗弃的皇宫,
那暴君荒芜的纪念碑,
正威严地沉睡在雾中;②

---

① 在手稿中,普希金在"紫袍"一词边加了一个注:"拿破仑的紫袍"。下文"专制的恶人"亦指拿破仑。

② 指保罗一世的宫殿,保罗一世于1801年3月12日被杀,之后这座宫殿长期无人居住。

在那可怕的宫墙后，
他还听到克利俄①可怕的声音，
他的眼前生动地浮现出
卡里古拉②最后的时辰，
他看到，挂着绶带和勋章，
灌满了烈酒和恶意，
诡秘的凶手正在行走，
脸上是大胆，心里是恐惧。
不忠的卫兵沉默着，
高悬的吊桥静静地落下，
被收买的叛变之手，
在黑夜中把大门打开……
啊，耻辱！啊，我们时代的暴行！
野兽般的御林兵一拥而进！
不光彩的打击降临了……
戴皇冠的凶手死于非命。③
记住这个教训吧，哦，帝王们：
无论是惩罚还是奖赏，
无论是血腥的牢房还是神坛，
都不是你们忠实的屏障。

---

① 缪斯之一，司历史。
② 卡里古拉（12—41），公元37年成为罗马皇帝，因谋求独裁遭到元老院反对，被杀。
③ 这里指的是俄国沙皇保罗一世于1801年被刺。

请在可靠法律的浓荫下，
首先低下你们的头颅，
人民的自由和安宁，
才是王座永远的守护。

1817

给丽达的信

当美妙的黑暗将帷幕
静静地张开在他们头上,
当时间推动着指针,
在缓慢的时钟上徜徉,
当自然那幸福的宁静中,
只有爱情还没有入睡——
这时,我再次离开了
我的囚室那密实的穹顶,
我来到你的住处……
根据我急促的脚步,
根据充满情欲的沉默,
根据大胆的颤抖的手,
根据那激动的呼吸,
以及滚烫的温柔的唇,
请辨认出你的情人——

我的欢乐和喜悦已降临！
哦，丽达，那该有多好啊！
如果带着炽爱的狂喜死去！

1817

题纪念册[1]

当幻想的岁月流逝,
喧嚣的世界唤我们前去,
谁会记得兄弟般的相见,
会记得往日的友谊?
且让我在记忆的本页上,
为它们留下易逝的痕迹。

1817

---

[1] 此诗是写给阿列克赛·尼古拉耶维奇·祖博夫(1798—1864)的,后者当时是驻扎在皇村的骠骑兵团中的军官。

告别①

囚禁的岁月已经逝去;
我亲爱的朋友们哪!
孤寂的居所和皇村的田野,
我们已经看不了太久。
离别就在门旁等待我们,
社会的遥远喧嚣向我们招手,
每个人都在望着道路,
高傲的青春憧憬激荡心头。
有的人,把智慧藏进制帽,
已经穿上了一身军装,
他挥舞着骠骑兵的马刀,
冒着受洗节早晨的严寒,
在接受检阅时冻得够呛,

---

① 在即将从皇村学校毕业时,普希金写了此诗。此诗又名《致同学》。

为了取暖又骑马去站岗；
有的人，生来就是显贵，
他爱的是地位而非荣光，
愿在显赫骗子的前厅里，
将一名恭顺的小丑充当；
只有我，一切听从命运，
无忧慵懒的忠诚儿子，
对卑微的荣誉无动于衷，
只有我在静静地睡觉。
文书和骑兵对我一样；
命令和军帽也无不同，
我不拼命想升大尉，
八等文官我也不想当；
朋友们！迁就一些吧。

巴黎，1936年10月

我是唯一从这一切离去的人。
从这张凳走开，从我的裤衩，
从我伟大的处境，从我的行动，
从我这个对半切开的数目，
我是唯一从这一切离去的人。

从香榭丽舍大道或从月亮下的
奇异的小巷转弯时，
我的死亡走开，我的摇篮离去，
还有，被人民包围、孤零零、割断，
我的人类外表转过身来
逐一遣散它的影子们。

我离开一切，因为一切
依然提供我的不在场证据：

我的鞋、它的孔眼和它的泥巴，
甚至我自己那扣上纽扣的衬衣的
肘部的弯处。

题普辛的纪念册

何时等你望上一眼我曾写下的
这忠贞不渝的一页,
你就会暂时地飞向皇村的角落,
我们在那儿倾心友爱。
你就会回忆早年那飞逝的时光,
那平静的幽居,六年的相处,
你年轻的心灵
那生动的印象,
忧伤,欢乐,争吵,和解,
最初的友谊,最初的爱情……
过去的一切,不会再有。

1817

她

"你很忧伤;快说说,你出了什么事。"
"我在恋爱,朋友!""是谁让你入迷?"
"是她。""她是谁?格丽泽,赫洛娅,丽拉?"
"哦,不!""那你到底在为谁奉献心灵?"
"唉!是她!""你太谦虚了,我的好朋友!
可是你为什么竟如此的痛苦啊?
是谁的错?丈夫、父亲、当然……"
"都不是,朋友。""怎么?""我还不是她的他。"

1817

致戈利岑娜公爵夫人
（适赠其《自由颂》）

我是大自然纯真的孩子，
往日，我曾热烈地歌唱
想象中那美好的自由，
心中荡漾着甜蜜的幻想。
可是我看到了您，听到了您，
怎么办？一个软弱的人！……
自由已经永远地失去，
心被缚上了不自由的绳。

1818

康复①

我见到的是你吗,亲爱的朋友?
莫非这只是一个模糊的幻想,
是不真实的梦,是剧烈的病痛
在欺骗地搅动着我的想象?
在这不祥之病的阴郁时刻,
是你站在我的床前,温柔的姑娘
笨拙、可爱地穿一身军装?
是的,我见到了你;我无神的视线
透过那戎装看到了熟悉的美丽:
我用软弱的低语呼唤我的女友……
但我的意识里又聚起阴暗的幻想,
我用软弱的手在黑暗中把你寻觅……

---

① 1818年年初,普希金患重病,当时彼得堡的美人伊丽莎白·邵特–舍德尔曾身穿骠骑兵军官的服装前去探望。

突然，在我滚烫的额头，我感觉到
你的眼泪、湿润的亲吻和你的气息……
这不朽的感觉！生命的火，
带着无比激动的愿望从我心头掠过！
我在沸腾，我在颤抖……
你则像个美丽的幻影消失了！
狠心的朋友！你在用陶醉使我痛苦：
来吧，让爱情使我灭亡！
在美妙夜晚的寂静中，
出现吧，神奇的女郎！让我再次看到
威严的军帽下你蓝天一样的眼睛，
看到斗篷，看到武装带，
看到被军靴装饰着的双脚。
别迟疑，快来，我美丽的军人，
来吧，我在等你。
诸神再次用健康给我送了厚礼，
还给了我甜蜜的烦恼，
这便是那隐秘的爱情和青春的游戏。

1818

致纳·雅·普柳斯科娃①

在这把普通而高贵的竖琴上,
我从不把人间的诸神颂扬,
怀着一种自由的高傲,
我从不为权力捧上谄媚的香。
我只学着去歌唱自由,
只向自由献上我的诗行,
我生来就不会用害羞的缪斯,
去取悦那些帝王和沙皇。
但是,我承认,在赫利孔山下,
在卡斯塔里泉②流淌的地方,
我被阿波罗赋予了灵感,

---

① 此诗是写给宫廷女官纳塔里娅·雅科夫列夫娜·普柳斯科娃的,但歌颂的是沙皇亚历山大一世的妻子伊丽莎白。伊丽莎白比较开明,热心文学和慈善事业,在俄国的进步贵族界和社会自由派团体中颇受好评。
② 帕耳那索斯山上的一眼泉水,据说能给诗人和音乐家以灵感。

要暗暗地把伊丽莎白歌唱。
天堂之尘世的见证人,
怀着一颗燃烧的心脏,
我要歌唱王位上的美德,
以及她的美丽和端庄。
是爱情和隐秘的自由,
让朴实的歌在心中激荡,
我这收买不了的嗓音,
是俄国人民之声的回响。

1818

致恰达耶夫①

爱情、希望、平静的荣光,
这些欺骗并未久久把我们爱抚,
青春的欢乐也消失了,
像一场梦,像清晨的雾;
但我们心中还燃烧着愿望,
背着不祥政权的重负,
怀着一颗焦急的心灵,
我们在倾听祖国的呼唤。
我们忍受期待的折磨,

---

① 彼得·雅科夫列维奇·恰达耶夫(1794—1856),俄国作家、哲学家。他自1821年起成为十二月党人秘密组织"幸福同盟"的成员,1836年又发表了著名的《哲学书简》,受到当局的迫害。在皇村学校读书时的普希金,就与当时驻扎在皇村的骑兵部队中的军官恰达耶夫相识,后成为挚友。普希金的这首诗写成后,长期以手抄本的形式在十二月党人和进步人士间流传;十二月党人起义失败后,许多遭流放的十二月党人在去往流放地的时候,都怀揣着普希金的这首诗。

在等候神圣自由的时光，
就像一个年轻的恋人
等待忠诚的约会一样。
趁我们胸中还燃烧着自由，
趁献身荣誉的心尚未死亡，
让我们把心灵的美好激情，
我的朋友，给祖国献上！
同志，请相信：那迷人的幸福，
将像星辰一样冉冉升起，
俄罗斯将从睡梦中苏醒，
我们的姓名将刻上
专制制度的废墟！

1818

"密林啊,在自由的寂静里……"
O Zauberei der ersten liebe!...——Wieland①

密林啊,在自由的寂静里,
我曾在此幸福地与每天相遇,
如今我再次步入你的华盖,
躲进了你那友谊的绿荫。
欢乐为我而重新复活,
我那逝去的青春岁月,
忧愁那痛苦的甜蜜,
还有心中那最初的恋情,
又一次激动着我的心灵。

---

① 德文:"哦那初恋的奇妙!——维兰德"。这是德国作家维兰德(1733—1813)的《初恋》一诗中的一句。

缪斯这孤独的情人,
在迷人密林的浓荫里,
我曾是一位动情的证人,
目睹过她幼年的欢娱。
她在我眼前开出花朵,
我已经凭借着想象,
预见了她神奇的美丽,
和那尚不清晰的身影,
关于她的幻想啊!
使我的排箫发出了声响,
使我的心中有了秘密。

1818

"多么甜蜜!……可上帝啊,多么危险……"

多么甜蜜!……可上帝啊,多么危险,
去听你的声音,看你可爱的目光!……
这热烈神奇的交谈,这美妙的眼神
和这微笑,我怎么能够遗忘!
奇妙的女人啊,我为何见到了你?
认识了你,我便已将极乐品尝——
对我的幸福的仇恨也充满了胸膛。

1818

致N.N.
（给瓦·瓦·恩格里加尔特）①

我从埃斯科拉庇俄斯②处逃开，
我消瘦，但剃了胡须，却也抖擞；
他那折磨人的魔爪，
不再在我的身上逞凶。
健康，这普里阿普斯轻浮的朋友，
还有梦，还有甜蜜的静谧，
像从前一样，再次造访了
我这拥挤又朴素的栖身地。
是你在安慰刚刚痊愈的病人！

---

① 瓦西里·瓦西里耶维奇·恩格里加尔特（1785—1837），十二月党人的外围文学组织"绿灯社"的成员。普希金也在1819年3月"绿灯社"初创时就加入了该组织。
② 罗马神话中的医神。

他渴望能与你相见,
与你这幸福的违法者,
品都斯山上慵懒的公民,
自由和酒神的儿孙,
维纳斯虔诚的崇拜者,
享乐和快感的主人!
离开节日般都市的忙乱,
离开涅瓦河冷漠的美丽,
离开长舌妇有害的编造,
离开各种各样的忧虑,
山冈的牧场在唤我回去,
还有园中槭树的浓荫,
荒芜的溪流的河岸,
和乡村的自由和无羁。①
把手递给我。我将回来,
在阴郁九月的最初:
我将再与你一起痛饮,
敞开心胸地交谈,
谈论蠢人、恶毒的要人,
谈论地地道道的奴才,
谈论天上的帝王,有时,
也谈谈人间的沙皇。

1819

---

① 1819年夏,普希金曾患重病,痊愈后于7月中旬去了米哈伊洛夫斯科耶。

致家神

你这宁静处所的无形的保护人,
我向你祈祷,我善良的家神,
请保佑村庄、森林和我野趣的花园。
保佑我的朴素的家庭!
你别让危险的冷雨损坏田地,
别让深秋的寒风毁了庄稼;
要让湿润的沃土
适时地躲在瑞雪下!
隐秘的卫兵,请留在祖传的暗处,
让夜半的窃贼感到胆怯心虚,
保佑这幸福的小屋,
免遭敌意的觊觎!
请在小屋的四周关注地巡视,
请爱我的小花园和环绕惺忪之水的岸,
爱这僻静的菜园

及其陈旧的小门和倾塌的篱藩!
请爱那绿色的山坡,
爱我徘徊的慵懒踏过的草地,
请爱椴树的凉爽和槭树那喧嚣的树冠——
灵感与它们那样的熟悉。

1819

一幅未完成的画

是谁的思想在喜悦地猜谜,
方才寻到这美的秘密?
哦,天哪!描绘这天庭容貌的,
究竟是谁人的画笔?

是你,天才!……但爱的痛苦,
却将他毁灭。缄默的一瞥,
他在看着自己的创造,
燃烧的心灵终使他陨灭。

1819

欢乐的宴席

我喜爱黄昏的宴席,
欢乐是那儿的主人,
而自由,我的偶像,
是桌边的立法人,
直到天亮,"喝!"这个词,
一直压倒喊叫的歌声,
客人的圆圈越来越松,
酒瓶的圆圈却越来越紧。

1819

给丽拉

丽拉,丽拉!我在因
无乐的忧愁而痛苦,
我深受折磨,我在死去,
燃烧的心灵在毁灭我;
可我的爱情也是枉然:
你竟然在把我嘲笑。
你就嘲笑吧!丽拉:
你无情的美也同样姣好。

1819

献给M的情诗

哦,从未燃烧起爱情的你们,
看一眼她,你们就懂得了爱情。
哦,心灵已经冷却的你们,
看一眼她,你们的爱便会再生。

1819

·普希金诗选·

题索斯尼茨卡娅的纪念册[①]

您能够在您那迷人的眼睛里结合起
神奇的热情和衷心的冷漠。
谁爱上您,他当然非常蠢;
但谁若是不爱您,他则是百倍的笨伯。

1819

---

① 叶连娜·雅科夫列夫娜·索斯尼茨卡娅(1800—1855)是一位女演员,普希金在诗中讥讽了她既风骚又冷漠的性格。

给巴枯宁娜

虽然我愿意为一切尽心效力，
但歌颂您的命名日实属多余；
在圣叶卡捷琳娜日您并不显得更可爱，
因为，在任何时候都无人比您更美丽。

1819

再生[1]

一个野蛮的画匠用惺忪的笔,
在一位天才的画上抹涂,
他毫无思想地在其上画着,
画着他那张非法的劣图。

但那他人的色彩,随着岁月,
像衰老的鳞片一样剥落;
天才的创作又呈现我们眼前,
画面之美啊,一如当初。

就这样,那些迷惑
离开了我痛苦的心房,

---

[1] 这首诗是普希金在看了彼得堡艾尔米塔什博物馆中展出的拉斐尔的《马多娜和年轻的约瑟》一画后写成的,这幅画在19世纪初得到修复,使拉斐尔的真迹得以重现。

我的心中重又浮现出，
那始初的纯洁的时光。

1819

给多丽达

我相信：我被爱着；心儿需要相信。
不，我心爱的人她无法作假；
她的一切都真诚：愿望那慵懒的热情，
胆怯的腼腆，女神无价的赐予，
穿戴和谈吐那可爱的随意，
还有可爱的名字那青春的柔情。

1820

"我熟悉战斗,我喜爱刀剑的声响……"①

我熟悉战斗,我喜爱刀剑的声响;
早年起我就崇拜战斗的荣光,
我喜爱战争那血腥的娱乐,
我的心很亲近死亡的思想。
盛开自由的年代中,忠诚的军人,
若没有在自己眼前看到死亡,
他就享受不到充盈的欢乐,
可爱妻子的亲吻也驱不走这惆怅。

1820

---

① 此诗是普希金在听说了西班牙革命(1820—1823)的消息后写成的。

一个忠告

让我们畅饮;让我们欢乐;
让我们游戏人生;
让盲目的世人去忙碌吧!
我们可不去仿效疯狂的他们。
就让我们轻浮的青春,
沉没在柔情和美酒中,
就让花样翻新的欢乐,
在梦中也对我们露出笑容。
当青春像一缕轻烟,
带走青春岁月的欢喜,
我们再从老年那里获取
一切可能获取的东西。

1820

"唉！她为何要闪现出……"①

唉！她为何要闪现出，
瞬间的、温柔的美？
在青春盛开的年华，
她却在明显地凋萎……
她在凋萎！年轻的生命，
她享受不了太久；
她也无法太久地
给她的家庭以幸福，
以她天真可爱的敏锐，

---

① 此诗写的是拉耶夫斯基将军的女儿，当时普希金与拉耶夫斯基将军一家共同生活在克里米亚的古尔祖夫城，将军的女儿叶连娜长期患病，另一个女儿叶卡捷琳娜也曾染重疾。

来活跃我们的谈吐，
以她宁静明朗的心灵，
把受难者的心灵安抚……
任沉重的思想激荡，
我隐藏起我的忧伤，
我听着那愉快的话语，
我在把她细细地欣赏；
我看着她的一举一动，
我在倾听她谈话的每一句——
那唯一的分离瞬间，
也会让我的心灵恐惧。

1820

"我不为你们而惋惜，我春天的岁月……"

我不为你们而惋惜，我春天的岁月，
那在枉然爱情的幻想中逝去的岁月，
我不为你们而惋惜，哦，黑夜的秘密，
那曾为情欲的排箫歌咏的秘密。

我不为你们而惋惜，不忠的友人，
宴席的桂冠和轮饮的酒杯；
我不为你们而惋惜，负心的少女，
沉思的我，在疏远欢娱。

但你们在哪里，那动人的时刻，
当青春充满希望，心灵充满宁静？

早先的热情和灵感的泪水在哪里?
请你们回来吧,我春天的岁月!

1820

"飞驰的云阵渐渐稀薄了……" ①

飞驰的云阵渐渐稀薄了；
忧愁的星辰，傍晚的星辰，
你的银光洒向了荒凉的平原，
洒向沉睡的河湾、深暗的山顶；
我爱高天上你那微弱的光芒：
它唤醒了我心中昏睡的思想。
我记得你的升起，熟悉的星体，
你照耀着这片我钟爱的宁静之乡，
这里，挺拔的白杨在山谷里耸立，
温柔的香桃和黝黑的柏树在沉睡，

---

① 1820年11月至1821年2月，普希金应邀做客达维多夫兄弟坐落在基辅的庄园卡缅卡，他在那里写下了这首诗，诗中描述的对象大约是拉耶夫斯基将军的一个女儿。

南方的波浪在甜蜜地歌唱。
在那儿的山间,内心充满想象,
我在海边打发沉思的慵懒,
当夜的暗影攀上农舍的屋顶——
一位年轻的少女在黑暗中寻你,
她嘴里假装唤着女友们的芳名。

1820

陆地与大海

当西风掠过海的蔚蓝,
轻轻地吹拂着一艘艘
高傲的大船的风帆,
并抚爱着浪中的小舟;
抛下忧虑和沉思的重负,
我便慵懒得更为欢快——
我忘记了缪斯的歌;
大海甜蜜的喧嚣更是可爱。
而当波浪拍打海岸,
翻滚着,浪花飞溅,
惊雷在天上轰鸣,
闪电在黑暗中闪现——
我便会远离大海,
躲进好客的树林间;
我觉得陆地更忠诚,

我可怜那冷峻的渔夫:
他住在破烂的小舟上,
那小舟是盲目深渊的玩物。
我则在可靠的寂静中,
听着小溪流过山谷。

1821

缪斯①

在我幼小的时候她曾经爱过我,
并将一把七管排箫递到我的手上。
她面带微笑听着我的演奏,
轻轻地,
按着空芦管上鸣响的洞眼,
我柔弱的手已经能够奏响
诸神所启示的庄重的颂歌,
和弗里基亚牧人和平的歌唱。
从早到晚,在橡树宁静的浓荫下,
我专心听着那隐秘姑娘的课,
为了以偶尔的奖赏使我高兴,
她会从可爱的额头撩开秀发,

---

① 普希金在19世纪20年代末曾数次将此诗写在熟人的纪念册上,他曾说:"我喜爱这些诗句,它们带有巴丘什科夫诗句的味道。"

亲自从我的手上接过排箫。
那芦管因神的气息而再生,
我的心也充满了神圣的赐予。

1821

少女

我对你说过:当心那可爱的少女!
我知道,心儿会无法抗拒地被她迷住。
不慎的朋友!我知道,当着她的面,
不能看别的女人,把另一双眼睛盼顾。
失去了希望,忘记了背叛的甜蜜,
那郁郁沉思的青春只燃烧在她的近旁。
幸福的宠儿们,命运的亲信们,
都恭顺地把爱的恳求向她献上;
但高傲的少女憎恨他们的感情,
于是她垂下了眼睛,不看也不听。

1821

"我很快将沉默……
但在忧伤的一天……"

我将很快沉默……但在忧伤的一天,
如果琴弦能以沉思的演奏向我回应;
如果那些青年默默地倾听着我,
为我的爱情那长久的折磨感到吃惊;
但是如果你自己,沉浸于感动,
在寂静中反复吟诵着那悲伤的诗句,
你就会爱上我的心灵那热情的话语……
但是如果我被爱上……哦亲爱的朋友,
请允许我用美丽情人神秘的名字,
使我的竖琴那道别的声音富有生气!……
当死亡的梦永远地把我笼罩,
请你在我的坟上满怀感动地轻喊:

他被我爱过,他应当感谢我!
为了那最后的歌声和爱情的灵感。

1821

"忠诚的希腊妇人！
你别哭泣……"①

忠诚的希腊妇人！你别哭泣，——他英雄地倒下，
敌人的子弹射中了他的胸膛。
你别哭泣，——不是你亲自在最初的战斗之前，
为他指明了血腥的荣誉之方向？
那时，预感到了沉重的别离，
你的夫君向你伸出了庄严的手，
他含着热泪祝福自己的婴儿，
但那黑色的旗帜已高呼起自由。
像阿里斯托吉同②，把利剑裹上香桃叶，

---

① 此诗是为悼念一位在反抗土耳其压迫的希腊民族起义中牺牲的无名英雄而写的。
② 公元前6世纪的雅典青年，刺杀暴君希皮阿斯未遂，被处死。

他冲出战场,——他倒下了,
却完成了伟大而又神圣的事业。

1821

致友人[1]

别假装了,亲爱的朋友,
我肩宽体壮的对手!
你别怕哀歌般的话语,
也别怕竖琴的歌喉。
把手伸给我吧:你别吃醋,
我过于慵懒,过于轻浮,
你的美人[2]她不是傻瓜;
我目睹一切,毫不生气:

她虽然是迷人的萝拉,

---

[1] 此诗和下面一首都是写给尼古拉·斯捷潘诺维奇·阿列克谢耶夫(1788—1854)的,他是普希金在基什尼奥夫时的一个朋友。

[2] "你的美人"指M. E. 艾赫费尔特(1798—1855),她当时是阿列克谢耶夫追求的对象。

我却不以彼特拉克自居。①

1821

---

① 萝拉是意大利诗人彼特拉克（1304—1374）一见钟情的女子、他心目中的偶像，他的《歌集》中的诗大多是献给她的。

"我温柔的朋友,最后一次……"

我温柔的朋友,最后一次,
我来到你的闺房。
幸福、宁静爱情的最后时刻,
我在与你一起分享。
往后,别在黑暗的夜里等我,
你独自怀着痛苦的希望,
在清晨的第一缕霞光闪出前,
请别点亮烛光。

1821

"天穹仍将那样地庇佑着……"①

天穹仍将那样地庇佑着
这三位圣山之女皇的庙宇?
年轻女祭司的喊声仍那样?
圆舞仍将那样地跳起?
……
谢苗诺娃,这迷人的缪斯,
她神奇的声音难道将静息?
难道,她永久地离开我们,
她已解除与福玻斯的关系,
俄罗斯的荣誉之光已隐去?

---

① 普希金非常欣赏的女演员叶卡捷琳娜·谢苗诺夫娜·谢苗诺娃(1786—1849)因故暂时停止了演出,普希金因而写了此诗。

我不信！她还将站起！
心的奉献还将为她而备，
她那庄重的花环，久久
不会在我们的面前枯萎，
为了她，荣誉的情人，
庄重缪斯们的亲信，
年轻的卡捷宁①，将复活
埃斯库罗斯庄严的天赋，
将还给她紫红的袍服。

1821

---

① 帕威尔·亚历山大罗维奇·卡捷宁（1792—1853），俄国诗人、剧作家、翻译家。

致丹尼斯·达维多夫

骠骑兵歌手,你歌唱了
露营,豪放宴席的欢喜
和搏斗那可怕的游戏,
还有自己卷曲的唇须。
在这宁静的岁月里,
吹去欢乐琴弦上的征尘,
你调了调竖琴,歌颂起
和平的酒瓶和爱情。

我倾听你,心变得年轻,
我觉出你热情话语的甜蜜,
忧伤的我,再次燃起
那往日岁月的回忆。

我仍爱着激情的语言,

我爱听它迷人的声响,
就像在忧伤的离别中,
听到朋友们的声音一样。

1821

第十诫

主啊,你曾告诫我,
别人的财产勿要贪图;
可你也清楚我的力量,
我哪能把温柔的感情把握?
我不愿欺负朋友,
不想要他的村庄,
我不需要他的犍牛,
我看一切均以平静的目光:
所有的赏赐我都不羡慕,
牲畜和奴隶,或是他的住房。
但如果他的女奴很迷人……
主啊!我便是个软弱的人!
如果他的女友很可爱,
就像天使的化身——
哦,公正的主!原谅我

忌妒朋友的幸福。
谁是徒劳的努力之奴隶?
谁能够用心灵做出吩咐?
可爱的人儿怎能不去爱?
天堂般的幸福怎能不去追逐?
我看着、我痛苦、我叹息……
但我能遵守严谨的义务,
害怕去奉迎心中的欲望,
我沉默……我在暗暗地痛苦。

1821

"我爱你莫名的蒙眬……"

我爱你莫名的蒙眬,
爱你那些秘密的花朵,
哦,你这美丽的诗歌
那些极其幸福的幻想!
诗人,你们使我们相信,
有一群轻盈的幽灵,
离开冥河冰凉的岸,
正向大地的岸飞翔,
他们在无形地访问
那些最为亲切的地方,
并在睡梦中安慰着
往昔朋友们的心房;
他们享受着永恒,

在等待着朋友进天堂，

就像宴席边的一家人
在等待迟到的客人那样……

但也许，是些空洞的幻想，
也许，和那件丧服一起，
我要扔掉所有尘世的感情，
尘世的安宁也将使我陌生；
在一个地方，一切东西都
闪烁着不朽的荣光和美丽，
纯洁的火焰在吞没
生活的不完美，在那里，
也许，我的心不会留存
生活中那些逝去的记忆，
我将不会再有怨诉，
我将忘掉爱情的愁郁……

1822

录自致雅·尼·托尔斯泰的信[①]

你还在燃烧吗,我们的灯[②];
彻夜不眠和宴饮时的女友?
你还在翻腾吗,金色的杯?
端着你的是开心刻薄鬼的手。
你们还是那样吗,欢乐的友人,
你们这爱神和诗句的朋友?
爱情的时光,酒醉的时光,
朝向自由、慵懒和悠闲的呼唤,
还在像从前一样地飞翔?
在寂寞的流放中,每时每刻,
我都燃烧着忌妒的欲望,

[①] 普希金致雅·尼·托尔斯泰的这封信发于1822年9月26日。
[②] "我们的灯"指"绿灯社"。

我变成回忆向你们飞去，
我在想象，又见到你们的模样：
就是这里，这好客的地方，
这自由的缪斯和爱情的地方，
在这里，我们曾彼此宣誓，
将我们永恒的同盟加强，
在这里，我们懂得友谊的幸福，
可爱的平等光临这里，
戴着圆帽坐到了圆桌旁，
在这里，任性的随意
在不断变换酒瓶和话题，
在变换故事和淘气鬼的歌唱；
由于火花、玩笑和美酒，
我们的争论燃得正旺。
忠诚的诗人们，你们那
天才的话语又在我耳边回响……
请给我斟上一杯彗星酒，
卡尔梅克人，来祝我健康！[①]

1822

[①] "彗星酒"是一种质量很好的葡萄酒；关于最后一句，托尔斯泰本人曾解释道："绿灯社"的聚会通常以晚宴作为结束，席间，谁若是说出了什么不雅的话来，一个卡尔梅克男孩就会照规矩走到他身边，说上一句"祝你健康！"，罚他喝酒，不过，普希金从未"犯规"，普希金常说："卡尔梅克人宠爱我，这是亚洲在袒护非洲。"

致费·尼·格林卡[①]

在喧嚣生活的酒神节里,
我却突然遭遇了流放,
我目睹了疯狂的众人
卑鄙、胆怯的自私模样。
没有眼泪,我懊恼地离开
宴席的花环和雅典娜的荣光,
可是你,宽宏大量的公民,
你的声音却给了我欢畅!
且让命运再次使我
遭受那恐怖的追逐,

[①] 费奥多尔·尼古拉耶维奇·格林卡(1786—1880),十二月党人、作家,普希金遭流放后不久,他就公开在报刊上发表了一首致普希金的诗作。

且让友谊将我背叛，
就像爱情对我的不忠，
我在流放中将要忘记
他们之欺侮的不公：
他们微不足道，如果你，
亚里斯泰迪斯①，
将出面为我辩护。

1822

---

① 亚里斯泰迪斯（约前540—前467），雅典统帅，以公正和诚实著称。

"那神奇的往日岁月的女伴……"

那神奇的往日岁月的女伴,
那戏谑和悲伤的构思之友人,
我在我春天的年华里认识了你,
那年华充满了最初的梦幻和欢欣。
我在等你;在傍晚的宁静中,
你出现了,快乐的老妇人[①],
你手摇响铃向我俯下身,
戴着大眼镜,穿着棉背心。
你在轻晃着孩子的摇篮,
用歌声迷惑我年少的听觉,
你把一支芦笛留在襁褓中,

---

① 可能是指普希金的外祖母玛丽娅·阿列克赛耶夫娜·汉尼拔。

那芦笛已被你装入了魔音。
幼年去了,像一场轻盈的梦。
你曾将那无忧的少年疼爱,
在庄重的缪斯中他只记得你,
你也在悄悄地去把他探望;
可这就是你的容颜,你的穿戴?
你的形象改变得多么厉害!
微笑像一团火似的燃烧!
问候的目光像一团火似的闪亮!
外衣翻卷像不驯服的波涛,
把你相当轻盈的身体遮挡;
你满头鬈发,戴着花环,
你的头上散发出迷人的芬芳;
你白皙的胸口在淡黄的珍珠下,
微微地颤动着,泛出红光……

1822

囚徒①

我坐在潮湿的牢房的铁栅旁。
一只年轻的鹰,在监禁中被喂养,
我忧郁的同伴啊,你正在窗下,
啄着带血的食物,拍打着翅膀。

它啄着,扔着,它望着窗户,
好像在与我想着同样的心事。
它在用目光和叫喊把我呼唤,
它想说:"让我们一同飞去!

我们是自由的鸟儿;是时候了,兄弟!

---

① 此诗写于普希金在南方流放时期,表达了诗人当时的心境。促成普希金写成此诗的,有一些具体的事件:普希金的朋友B. X. 拉耶夫斯基的被捕;普希金曾于1821年5月参观了基什尼奥夫的监狱,与囚犯进行了交谈,并看到了监狱中喂养着一只雏鹰;该监狱囚徒的越狱,等等。

飞去那云外那白雪皑皑的山冈，
飞去那闪耀着蔚蓝色的海洋，
飞去那只有风儿……和我散步的地方！"

1822

给阿捷丽①

玩耍吧,阿捷丽,
别去知道忧伤;
美惠女神和爱神
会给你把花环戴上,
再把你的摇篮
轻轻地摇晃;
你的春天啊,
宁静而又明朗;
你来到人间,
就为了把欢乐品尝;
抓住,快抓住
这愉悦的时光!
把年轻的岁月

---

① 此诗是写给达维多夫的小女儿阿捷丽的,她当时12岁。

都给爱情献上，
在世间的喧嚣中，
阿捷丽，请把
我的芦笛爱上。

1822

致弗·费·拉耶夫斯基①

我的歌手,我骄傲的不是,
我能够用诗句来吸引
那些火热心灵的注意,
玩耍着笑声和眼泪,

我骄傲的不是,有时,
我那狡诈阴险的歌咏,
能在年轻姑娘的脑子里,
平息恐惧和害羞的激动,

我能够在讽刺的柱边,
惩罚淫荡和恶意,

---

① 弗拉基米尔·费奥多谢耶维奇·拉耶夫斯基(1795—1872),驻扎在基什尼奥夫的一个团队的少校、诗人、十二月党人,普希金的好友。

用竖琴那威严的声音，
给不公带去恐惧，

我因不衰竭的灵感，
因为我疯狂的青春，
因意志的激情和迫害，
在人们中间出了名——

命运已注定要给我
另一种最高的奖赏——
自尊思想的欢乐！
枉然一梦的幻想！

1822

"一人,我孤身一人……"

一人,我孤身一人,
宴席、情人、朋友……
都已逝去,随轻盈的幻想,
与其不可信的天赋一同,
我的青春也已死亡。
就像蜡烛,在长夜里燃尽,
为了活泼的少年和姑娘,
在疯狂宴饮的最后,
面对白昼泛着苍白的光。

1822

"波涛啊,是谁使你停息……"[1]

波涛啊,是谁使你停息,
是谁锁住了你有力的奔腾,
是谁将你躁动的水流,
变成了一池沉睡的死水?
是谁人的魔杖窒息了
我心中的希望、忧伤和欢喜,
并用慵懒的沉睡
催眠了激动的心灵?
呼啸吧,风儿,搅起波浪,
去摧毁死亡的堡垒!
你在哪里,风暴——自由的象征?

---

[1] 此诗体现了普希金目睹神圣同盟对欧洲的控制而生的感慨。

快拂过这被禁锢的死水。

1823

小鸟①

在异乡我神圣地遵守着,
故乡那个古老的风俗:
在春天这个明亮的节日,
我要让一只小鸟自由。

我开始感到了安慰;
既然我能将自由的赐予,
放到一个造物的身上,
我为何还要抱怨上帝!

1823

---

① 此诗写于普希金在南方流放时期,他曾将此诗寄给格涅季奇,并附言道:"您知道俄国农民在复活节放飞小鸟的动人风俗吗?现给您寄上一首描写这一风俗的诗。"

夜

我对你这温情缱绻的声音，
惊动了深深的黑夜那寂静。
忧伤的蜡烛在我的床前燃烧；
我的诗句汇聚着、鸣响着流淌，
爱的溪流中印满了你的情影。
黑暗中你的目光在我眼前闪亮，
在对我微笑，我听到了絮语：
我温柔的朋友……我爱你……
我是你的人……是你的！……

1823

"自幼就怀有一个甜蜜的
希望……"

自幼就怀有一个甜蜜的希望，
我曾经相信，在某个时候，灵魂
会逃脱腐烂，将永恒的思想、
记忆和爱情都带进无底的深渊——
我发誓！我早该离开这个世界：
我该摧毁生活和那丑陋的偶像，
我要飞向自由和享受的国度，
那儿没有成见，那儿没有死亡，
那儿只有思想在纯净的天空飘荡……

可我徒劳地沉湎于这骗人的幻想；
我的理智固执己见，鄙视希望……
虚空在坟墓的旁边等待着我……

什么也没有!无论是初恋还是思想!
我恐惧……我又忧伤地将生活打量,
我想久久地生活,为了让那可爱的身影,
在我的心中久久地燃烧,久久地珍藏。

1823

"我是自由孤独的播种者……"

播种的人出去播种①。

我是自由孤独的播种者,
我披星戴月早早地出了门;
用一只纯洁无瑕的手,
在一道道被奴役的垄沟,
我撒下了生机勃勃的种——
但我却失去了时间,
失去了宝贵的思想和劳动……

吃草吧,温顺的人民!

---

① 引自《马太福音》。

正义的呼声唤不醒你们。
自由的赐予对牲口何用?
它们只配被宰割被剃光毛。
带着铃铛的重轭和鞭子,
才是它们一代代的传家宝。

1823

致列夫·普希金①

亲爱的弟弟,你与我分手时还是个少年,②
缓慢的岁月在离别中流淌;
如今你已是青年,为了欢乐,
为了光明和自由,你正心花怒放。
怎样的舞台呈现在你的面前,
你会有多少的喜悦和享受,
多少甜蜜的操劳和可爱的迷惘!
新热情将怎样多地激动你的血液!
你在试验心灵,怀着匆忙的希望,
你在信赖地呼唤爱情和友谊。

1823

---

① 此诗是普希金为其弟18岁生日而作。
② 普希金遭流放离家时,其弟列夫年仅15岁。

生命的大车

尽管它立即背上了重负,
大车仍然在轻盈地行走;
大胆的车夫,白发苍苍的时间,
在驾着大车,不离车座。

我们在清晨坐上大车;
我们鄙视慵懒和温柔,
兴高采烈地快速驰骋,
我们大声地喊道:"走!"

但在正午时已失去大胆;
我们已受够了颠簸;
我们更怕陡坡和壕沟;
我们喊道:"轻点儿,蠢货!"

大车像从前一样地滚动；
傍晚时我们已将它适应，
我们惺忪地赶到宿营地，
时间却仍在策马前行。

1823

"一切都已结束：我们已无关系……"

一切都已结束：我们已无关系。
我最后一次拥抱你的双膝，
道出这万分痛苦的怨诉。
一切都已结束，我听到你的回答。
我不会再一次欺骗自己，
不会再愁苦地将你追随，
也许，我会将往事忘记，
我不会得到爱情的赐予。
你年轻，你的心灵美好，
你将得到许多人的爱情。

1824

阴险[①]

当你的朋友以恶毒的沉默,
来回答你的那些话语;
当他碰到你的手像碰到了蛇,
颤抖着把手缩了回去;
当他以锋利的目光盯着你,
摇着头,带着轻蔑的神气,——
可别说:"他有病,他是孩子,
他在痛苦,因为疯狂的忧郁";
可别说:"他行为不高尚;
他软弱他恶毒,不配友谊;
他的一生都是沉重的梦境……"
难道你就正确?你就安心?

[①] 普希金作此诗的原因,是他的朋友拉耶夫斯基的一个醋意的举动:同样也爱慕沃隆佐娃的拉耶夫斯基,发现普希金与她关系密切,便向她丈夫"告发"了此事,普希金认为,正是朋友的告发使他被从奥德萨转而流放至米哈伊洛夫斯科耶。

啊，如果是这样，他就会
祈求朋友的宽恕，匍匐在地。
但如果你为恶毒的迫害，
去利用神圣友谊的权利；
但如果你居心叵测地，
嘲弄他胆怯的想象力，
在他的愁苦、痛哭和屈辱中，
去寻找你高傲的欢娱；
但如果你附和对他的诬陷，
自己也成了无形的应声；
但如果你给他套上锁链，
笑着把这睡者出卖给敌人，
他会以他那忧伤的目光，
在你无言的心中读出秘密——
那就请吧，别浪费空话，
可最后的审判在等着你。

1824

致巴赫奇萨赖宫的泪泉[①]

爱情的泉啊,生动的泉!
我给你带来了两朵玫瑰。
我爱你绵延不绝的絮语,
爱你那诗情一样的眼泪。

像是一阵冰凉的露珠,
你银色的水雾将我打湿:
啊,流吧,流吧,欢快的泉!
响吧,向我讲述你的往事……

---

① 巴赫奇萨赖是克里木半岛上的一个城市,建于16世纪,1783年前为克里木汗国的都城,城中的可汗宫里有一眼"泪泉",是可汗为纪念他心爱的波兰公主玛丽娅而建的,玛丽娅嫁给可汗后,被可汗的前妻所害。普希金于1820年访问了可汗宫,并于1821—1823年间写作了长诗《致巴赫奇萨赖宫的泪泉》。

爱情的泉啊,忧伤的泉!
我曾向你的大理石提问:
我曾颂扬过遥远的国度,
你却对玛丽娅默不作声……

后宫里黯淡的星星啊!
在此你难道已被遗忘?
莫非玛丽娅和扎列玛①,
同样都是幸福的幻想?

莫非那只是想象的梦,
置身在荒凉的黑暗里,
描绘着自己逝去的梦境,
描绘着心灵蒙眬的憧憬?

1824

---

① 可汗的前妻,据说是杀害玛丽娅的凶手。

朔风

威严的朔风啊,你为何
要把河畔的芦苇吹弯?
你为何要愤怒地把云朵
向着遥远的天边驱赶?

不久前,大堆的黑云,
沉沉地覆满了天际,
不久前,山上的橡树,
摆出了骄傲的美丽……

可你挺起身,你在呼啸,
你轰鸣着雷霆和荣誉,
你驱尽了风暴的乌云,
把高大的橡树连根拔起。

让太阳那明朗的脸庞，
从此欢乐地闪亮；
让微风与薄云嬉戏，
芦苇的绿波轻轻荡漾。

1824

"就算我已赢得美人的爱情……"①

就算我已赢得美人的爱情,
珍藏的金盒中嵌着她的倩影,
隐秘的书信,长久痛苦的奖赏,
可是在苦苦别离的轻轻时分,
没有任何东西能愉悦我的眼睛,
无论是我的恋人唯一的所赠,
还是爱情的誓言,凄情的安慰,
都治愈不了这疯狂无望的爱情。

1824

---

① 此诗写的是对沃隆佐娃的思念。

致航船①

你这海上有翼的美人!
我在呼唤你,漂流吧,
请护佑这祈祷、希望
和爱情的无价的抵押。
风儿,请你用晨的呼吸,
鼓满那张幸福的风帆,
别用波浪剧烈的摇晃,
使她的胸口感到苦酸。

1824

---

① 此诗的写作与沃隆佐娃1824年6月14日乘船离开奥德萨去克里米亚有关。

给婴儿①

孩子,我不敢为你
举行一个祝福仪式。
你的目光和静静的心,
构成了慰藉的天使。
愿你的未来纯净明朗,
像你此刻可爱的目光。
在世间美好的命运中,
愿你的命运美好欢畅。

1824

---

① "婴儿",可能是指普希金的私生子。

致克恩①

我记得那神奇的瞬间：
在我的面前出现了你，
就像昙花一现的幻象，
就像纯洁之美的精灵。

在无望忧愁的折磨中，
在喧闹生活的纷扰里，
温柔的声音久久对我回响，
可爱的脸庞浮现在梦里。

岁月飞逝。骚动的风暴，
吹散了往日的幻想，

---

① 安娜·彼得罗夫娜·克恩（1800—1897），普希金的女邻居奥西波娃的侄女，她于1825年夏前往三山村做客，与普希金见了面，此前，普希金曾在彼得堡见到过她。在克恩离开三山村的时候，普希金将这首诗赠给了她。

我淡忘了你温柔的声音,
和你那天仙般的脸庞。

幽居中,置身囚禁的黑暗,
我的岁月在静静地延续,
没有神灵,没有灵感,
没有眼泪、生活和爱情。

觉醒又降临在心上:
我的面前又出现了你,
就像昙花一现的幻象,
就像纯洁之美的精灵。

心儿在狂喜中荡漾,
一切又都为它而复生:
有了神灵,有了灵感,
有了眼泪、生活和爱情。

1825

"假如生活欺骗了你……"①

假如生活欺骗了你,①
你不要悲伤,不要生气!
熬过这忧伤的一天:
请相信,欢乐之日将来临。
心儿生活在未来;
现实却显得苍白:
一切皆短暂,都将过去;
而过去的一切都将可爱。

1825

---

① 此诗是普希金在奥西波娃的二女儿、15岁的叶夫普拉克西娅·尼古拉耶夫娜·伍尔夫(1809—1883)的纪念册上的题诗。

欢乐的声音为何静息?
响起来吧,酒神的歌!
万岁,温情的姑娘们,
万岁,爱过我们的年轻的妻子们!
把酒杯斟得更满些吧!
把秘密的指环
扔进浓酒里,
让它在杯底发出脆响!
让我们大家举起杯,一饮而尽!
万岁,缪斯们,万岁,理智!
燃烧吧,神圣的太阳!
这盏灯多么苍白,
面对灿烂的霞光,
骗人的聪明也像这样时隐时灭,
面对理智那不朽的太阳。
万岁,太阳!黑暗,赶快躲藏!

1825

"这最后的花朵之可爱……"[1]

这最后的花朵之可爱，
胜过原野上最初的艳花。
它们更热情地唤醒了
我们心中忧郁的幻想。
和这一样，离别的热情，
有时比相见更为难忘。

1825

---

[1] 1825年的晚秋，奥西波娃曾给普希金送来一束野花，普希金有感，作了此诗。

"一切都献给了你的记忆……"[1]

一切都献给了你的记忆:
那富有灵感的竖琴的音,
那眼睛红肿的姑娘的泪,
还有我的忌妒的战栗,
荣光的闪烁,流放的黑暗,
有明朗的思想之美丽,
有复仇的念头,还有
残酷的痛苦那疯狂的幻影。

1825

---

[1] 此诗可能也是写给沃隆佐娃的。

"我的姐妹的花园……" ①

我的姐妹的花园,
僻静幽深的花园;
那园中没有清泉,
难忘地流下小山。
我的果实在闪耀,
它们金黄又丰满;
我这儿有眼清泉,
在欢快地喧闹流淌。
松香、芦荟和月桂,
散着四溢的芳香:

---

① 此诗以及随后一首,曾被冠以一个总题:《仿作》,是对《圣经》中所罗门王的《雅歌》的改写。

只要有北风吹过，
芳香便滴落在地上。

1825

"血液中燃着欲望之火……"

血液中燃着欲望之火,
心灵因为你而负了伤,
吻我吧:你的吻对于我,
比迷药和美酒更甜香。
请把温柔的头靠向我,
让我心情平静地入睡,
当欢乐的白天在倒下,
当黑夜的暗影正迫近。

1825

暴风雨

你可见过悬崖上的姑娘?
她身穿白衣俯瞰着波浪,
当大海在和海岸戏耍,
在躁动的黑暗中汹涌,
当闪电那红色的闪光,
一次次地将姑娘映亮,
当海风在激荡、飞奔,
扬起她飞动的衣裳。
躁动黑暗中的海很壮美,
闪电中的天空没有湛蓝;
但相信我:悬崖上的姑娘,
比波浪、天空和风暴更好看。

1825

夜莺和布谷鸟

森林中，在悠闲的夜里，
各不相同的春天歌手，
在聚集、叽喳、鸣叫；
可是头脑糊涂的布谷，
爱好虚荣的饶舌鬼，
只会一个劲儿地咕咕，
它的回声也是相同。
我们听烦了这种咕咕！
不如逃走，上帝啊，
让我们摆脱这哀歌的咕咕！

1825

致叶·尼·伍尔夫①

我劝您,济娜:嬉戏吧,
请用欢乐的玫瑰花,
为自己编出华丽的花环,
请您往后别再拒绝,
我们的情歌和心房。②

1826

---

① 此诗是写给叶夫普拉克西娅·尼古拉耶夫娜·伍尔夫的。
② 叶夫普拉克西娅的兄弟曾对别人说,他姐姐"仇恨情歌,也很少对交谈者的恭维做出反应",普希金的诗句即是对此而言的。

致维亚泽姆斯基[1]

海洋,这古老的凶手,
就这样将你的天赋燃起?
你在用你金色的竖琴,
歌颂可怕海神的三叉戟。

别歌颂它。在这卑鄙的世纪,
白发的海神是陆地的盟友。
在自然的所有范畴,人——
都是暴君、叛徒或犯人。

1826

---

[1] 此诗是对维亚泽姆斯基的《大海》一诗的应答。

给叶·亚·季马舍娃①

我见到了您,我读到了
这些迷人的诗行,
您缱绻的梦幻在此
膜拜它们的理想。
我饮了毒,自您的目光,
自那满溢灵性的五官,
自您那可爱的交谈,
自您那火热的诗行;
被禁的玫瑰②之敌手,
您不朽的理想真幸福……

---

① 叶卡捷琳娜·亚历山德罗夫娜·季马舍娃(1798—1881),女诗人,普希金于1826年在莫斯科与她相识。

② "被禁的玫瑰"指季马舍娃的外甥女伊丽莎白·彼得罗夫娜·金基亚科娃,因为维亚泽姆斯基曾为她写了一首题为《被禁的玫瑰》的诗。

不为您写诗而给您作文①,
那人才更百倍地幸福。

1826

---

① 此处的"作文"当指写信。

"我过去怎样,现在仍怎样……"[1]

我过去怎样,现在仍怎样:
无忧,多情。朋友,你们知道,
目睹美貌,我能否无动于衷,
没有胆怯的温情和隐秘的激动。
难道生活中爱情把我玩弄得还少?
难道我像年轻的鹰扑腾得还不够?
置身在爱神张开的欺骗的罗网,
我没有被百倍的屈辱所修正,
又将我的哀求带向新的偶像……

1826

---

[1] 普希金在发表此诗时曾附有一个小标题:《〈安德烈·谢尼耶〉片段》。

致伊·伊·普辛①

我第一的朋友,我珍贵的朋友!
我曾感激自己的命运,
当我孤寂的庭院,
覆满着忧愁的白雪,
响起了你的车铃声。
我祈求神圣的天意:
但愿我的声音,
也能安慰你的心房;
但愿你的流放地,
能被中学的岁月所映亮!

1826

---

① 此诗写于十二月党人起义一周年的前夕(12月13日),后托人捎给了远在西伯利亚的赤塔服苦役的普辛,普辛后来在《关于普希金的笔记》一书中写道:"普希金的声音在我的身上欢乐地回响!我的心中充满了深深的、兴奋的感激之情,当我第一个去看望流放中的他时,他曾热烈地拥抱过我,可我却无法像他当年那样将他拥抱。"

答费·杜某某[1]

不,她不是个切尔克斯姑娘;
可从来就没有这样的姑娘,
走下忧郁的卡兹别克峰顶,
来到格鲁吉亚的谷地上。
不,她的眼睛里不是玛瑙,
可是东方所有的宝藏,
也抵不上她南国的眼睛里
那一道道甜蜜的闪亮。

1826

---

[1] 此诗是对诗人费多尔·杜曼斯基的《她是个切尔克斯姑娘》一诗的应答。诗中的"她"指的是与普希金同名的女诗人索菲娅·费奥多罗夫娜·普希金娜,普希金与她在莫斯科相识。

致某某

你是圣母,毫无疑问,
你不是那种仅以美丽
来俘虏神圣灵魂的人,
所有的人都因你而入迷;
你不是那种不问夫君,
就生下基督的女人。①
有一个尘世的上帝,
美丽也对他百依百顺,
他是帕尔尼、莫尔
和提布卢斯的上帝,
他使我苦恼,给我慰藉。
他完全像你——我的圣母,
你是爱神的母亲!

1826

---

① 指圣母玛利亚。

黄金和宝剑[①]

"一切都是我的。"黄金说。
"一切都是我的。"宝剑说。
"我能购买一切。"黄金道。
"我能夺取一切。"宝剑道。

1828

[①] 此为普希金对一首无名氏所作的法国诗的翻译,约译于1816—1826年。

"在西伯利亚矿井的深处……"①

在西伯利亚矿井的深处,
请你们保持高傲的忍耐,
你们崇高的思想追求
和屈辱的劳役不会泯灭。

希望藏在黑暗的地下,
她是不幸的忠诚姐妹,
她将唤起振奋和欢乐,
渴望的时辰将要来临:

---

① 此诗是献给在西伯利亚服苦役的十二月党人的,写成后托十二月党人穆拉维耶夫的妻子捎去了西伯利亚,十二月党人奥陀耶夫斯基曾写诗作答,普希金的献诗和奥陀耶夫斯基的答诗在当时都广为流传。

爱情和友谊将抵达,
穿过一道道阴暗的闸门,
就像我这自由的声音,
抵达你们苦役中的洞穴。

沉重的镣铐将会跌落,
牢房将倾塌——自由
在出口喜悦地迎接你们,
弟兄们把剑递到你们的手上。

1827

夜莺和玫瑰

在寂静的花园,在黑暗的春夜,
东方的夜莺在向着玫瑰歌唱。
但可爱的玫瑰没感觉,没在听,
却在爱情的歌声中睡觉,摇晃。
对那冷漠的美人你也这样地歌唱?
哦,诗人,你追求的是什么,想一想。
她不在倾听,也感觉不到诗人;
你呼唤,没回音;你一看,她在开放。

1827

诗人

当阿波罗还没有要求
诗人去做出神圣的牺牲,
他便意志薄弱地生活,
被无聊的事务缠身;
他神圣的竖琴在沉默;
心灵被冷冷的梦所缠绕,
在世间渺小的孩子中,
他也许比谁都更渺小。

但是当神的声音
触到那敏锐的听觉,
就像一只受惊的鹰,
诗人的心灵会醒来。
在世间的欢乐中愁苦,
与人世的流言无缘,

他不会垂下高傲的头,
跪拜在人们的偶像前;
野性而威严,他在逃,
充满着呐喊和不安,
逃进涛声无边的树林,
逃向浩瀚汪洋的岸……

1827

"在达官贵人的金色圈子里……"

在达官贵人的金色圈子里,
受到皇帝垂青的诗人福分不浅。
他掌握着嬉笑和眼泪,
把痛苦的真理掺进谎言,
他胳肢着麻木了的趣味,
将老爷们的傲慢引向荣誉,
他装点着他们的宴席,
然后听着那些聪明的赞誉。
这时,沉重的大门外,
被仆人们赶开的人民,
正挤在黑色的台阶边,
远远地听着诗人的声音。

1827

1827年10月19日①

愿上帝帮助你们,我的朋友,
在生活和皇差的操劳中,
在狂欢的友谊的宴席上,
在爱情那甜蜜的秘密中!

愿上帝帮助你们,我的朋友,
在风暴和生活的痛苦中,
在异域,在荒凉的海上,
在陆地上那深深的黑洞。②

1827

---

① 这一天是皇村学校的建校纪念日,普希金在此前长达7年的时间里都未能依照惯例在这一天与同学相聚,这一年才终于得以出席校庆聚会。
② 指他的从事外交工作的罗蒙诺索夫和戈尔恰科夫、当海员的马秋什金、遭流放的普辛和丘赫里别凯尔等老同学,见1825年的《10月19日》一诗。

护身符[1]

在那儿，大海永远地
拍打着荒凉的悬崖，
在傍晚那甜蜜的时刻，
月光更温暖地洒下，
在那儿，在后宫享乐，
穆斯林把时光欢度，
一个神奇女人在那儿，
爱抚着给了我护身符。

她爱抚着，说道：
"要藏好我的护身符：
它具有秘密的力量！
爱使它落到了你的手。

---

[1] 此诗的写作，与1827年沃隆佐娃来到彼得堡有关。

在暴雨中，在飓风里，
亲爱的，我的护身符，
并不能使你的脑袋
摆脱疾病，逃脱坟墓。

它也不能赐给你
东方的各种财富；
它也不能使你
征服先知的信徒；
使你投入朋友的怀抱，
使你离开忧伤的异乡，
自南方回到北国故土，
不能啊，我的护身符……

但当奸诈的眼睛，
突然地将你迷住，
或是黑夜里有张嘴，
没有爱地吻了你，——
亲爱的！我的护身符，
就会使你不致犯罪，
使你的心避免新伤；
使你不会变心，遗忘。"

1827

"春天啊春天,爱情的季节……"

春天啊春天,爱情的季节,
你的出现使我多么的沉重,
在我的心中,在我的血液里,
有着多么痛苦的激动……
心灵已完全陌生于享受……
那雀跃着、闪烁着的一切,
只能带来痛苦和忧愁。

还给我狂暴的风雪吧,
还给我冬夜那漫长的黑暗。

1827

回忆[1]

当喧闹的白日为了凡人而静息,
在城市那无声的广场,
静卧着黑夜半透明的暗影[2]和梦,
这白日之劳作的奖赏,
这一时刻的寂静中持续着我那
使人痛苦的失眠时光:
在无所事事的夜间,自责之情
在我的心中燃得更旺;
幻想沸腾,在充满忧伤的脑海,
堆积起了沉重的思想;
回忆在我的面前默默地铺展着
它那幅长长的画轴;

---

[1] 普希金曾将此诗题为《失眠》和《不寐》。
[2] 指彼得堡的白夜。

我在怀着厌恶阅读自己的一生,
我在颤抖,在诅咒,
我在痛苦地怨诉,痛苦地流泪,
却洗不去忧伤的诗歌。

1828

"枉然的赐予,偶然的赐予……"

1828年5月26日①

枉然的赐予;偶然的赐予,
生命,你为何被赐给我?
那隐秘的命运为何要
使你注定地备受折磨?

是谁以敌意的权力,
将我从虚无中唤出,
用怀疑激动我的大脑,
以激情填满我的心胸?

---

① 这一天是普希金的生日。

我的眼前没有目的：
心灵空虚，头脑懒惰，
生活那单调的喧嚣，
在痛苦地将我折磨。

1828

她的眼睛①

她是可爱,我们私下里说,
她是宫中骑士的暴雨,
她那切尔克斯人的眼睛,
可以与南国的星星争辉,
尤其可与诗句媲美,
她大胆地频送秋波,
它比火焰还要明亮;
但你得承认,我的
奥列宁娜的眼可不这样!
那里,有沉思的精灵,
有多少孩子般的坦荡,
有多少缱绻的神情,

---

① 维亚泽姆斯基曾写有《乌黑的眼睛》一诗,赞美的是宫廷女官罗谢特;普希金答以此诗,意在使罗谢特成为奥列宁娜的陪衬。

有多少温情和幻想!……
她含着爱神的笑垂下眼,
谦逊的眼里是美雅的典礼;
她抬起目光,拉斐尔的天使
就是这样凝望着上帝。

1828

"美人儿,你别当着我的面……"①

美人儿,你别当着我的面,
唱那忧伤的格鲁吉亚之歌:
它们会使我再次回忆起
那别样的生活和遥远的海岸。

唉!你这残酷的歌唱,
使我回忆起了黑夜和草原,
和那遥远、可怜的姑娘
沐浴着月光的朦胧的脸。

---

① "美人儿"是指奥列宁娜,她当时在跟格林卡学习歌唱;《格鲁吉亚之歌》是一首由格里鲍耶陀夫采自高加索,由格林卡改编的民歌。

看见了你,我便把那
可爱、命定的幻影淡忘;
但是当你刚放声歌唱,
我便又一次将它想象。

美人儿,你别当着我的面,
唱那忧伤的格鲁吉亚之歌:
它们会使我再次回忆起
那别样的生活和遥远的海岸。

1828

知己

你的表白,那温柔的怨诉,
我贪婪地听着每个喊声:
充满疯狂、躁动的激情,
你的语言多么的诱人!
但请你停下你的故事,
快,快把你的幻想藏好:
我害怕它那火热的传染!
我害怕知道你的知道!

1828

预感[1]

乌云又一次静静地,
在我的头顶集聚;
忌妒的命运又一次,
向我显示灾难的恐惧……
我能否继续藐视命运?
我能否向着命运,
投去我高傲青春的
坚定意志和忍耐力?
受够狂暴生活的折磨,
我在把风暴漠然地等候:
也许,我能再次获救,
能又一次找到码头……

---

[1] 此诗的写作与当局对普希金的《安德烈·谢尼耶》一诗的审查有关。1828年6月11日和28日,参政院和国务委员会分别开会讨论了此诗,普希金虽然不知道这两次座谈会,但可能会感到人们(其中就包括出席了会议的奥列宁娜的父亲)对他的疏远。

然而，我预感到了别离，
那注定的可怕的时候，
我的天使①，我要赶紧
最后一次握握你的手。
温柔的、恬静的天使，
请你轻轻对我说：别了，
忧伤吧！请你抬起
或垂下那温柔的目光；
对你的思念和回忆，
将占据我的心房，
将取代我年轻岁月的
骄傲、力量、勇敢和希望。

1828

---

① "我的天使"指的是奥列宁娜。

小花

我发现了一朵被遗忘的小花，
它枯干在书页间，已无芳香；
顿时，我的心胸里便已
充满了一阵奇异的幻想：

它开在何处、何时？哪个春天？
它开了多久？又为谁所采？
那采花的手是陌生还是熟悉？
它为何又被人夹进了书页？

是一次温情约会的纪念，
是一回不祥分离的信物，
还是纪念田野和密林中
那孤身一人的漫步？

他是否活着,她是否健在?
如今何处是他俩的角落?
或许他俩也都已凋零,
就像这默默无闻的花朵?

1828

"夜幕笼罩着格鲁吉亚的山冈……" ①

夜幕笼罩着格鲁吉亚的山冈；
阿拉格维河在眼前喧响。
我忧郁又轻盈，我的忧伤纯净；
你的身影充盈着我的忧伤。
只有你的身影……无论什么
也不再能惊扰我的愁怀，
心儿又重新燃烧，重新恋爱，
因为，它不能不去恋爱。

1829

---

① 此诗标明的写作时间是1829年5月15日，当时，旅行北高加索的普希金正歇脚在格奥尔吉耶夫斯克。此诗是献给M.H.沃尔孔斯卡娅的。

冬天的早晨

严寒和阳光；美妙的一天！
你还在睡觉，迷人的朋友，
美人啊，你该醒一醒了：
睁开被温柔锁住的眼睛，
迎向那北国的曙光女神，
请你成为一颗北国的星星！

你记得吗？昨夜有过风雪，
黑暗曾充斥混沌的天幕；
月亮像一个苍白的斑点，
从乌云间露出黄色的面目，
你也曾忧伤地坐在那儿，
而此刻……请你望望窗户：

在蔚蓝色的天幕之下，

静卧的雪反射着太阳,
就像一张张壮丽的地毯;
只有透明的森林泛着黑光,
银霜间的枞树挤出翠绿,
冰封的溪流闪闪发亮。

琥珀般的光照辉映着整个房间。
火炉在响,发出一阵欢乐的噼啪。
在热炕边思想真是欢畅。
但你可知道:是否该让人
将那匹栗色小母马套上?

滑过清晨的茫茫积雪,
亲爱的朋友,我们要让
这不慌不忙的马飞奔,
去将闲置的土地造访,
去造访刚刚落叶的森林,
和岸边我那可爱的地方。

1829

"我曾经爱过您：
这爱情也许……"

我曾经爱过您：这爱情也许
还没有完全在我的心中止熄；
但是别让这爱情再把您惊扰；
我不愿有什么再让您忧郁。
我曾经默默地无望地爱过您，
时而苦于胆怯，时而苦于忌妒；
我曾爱您那样真诚那样温存，
上帝保佑别人也能这样地爱您。

1829

高加索①

高加索在我脚下。
独立山顶,
我站在悬崖边缘的积雪之上。
一只雄鹰从远处的山顶飞起,
翅膀不动地在我的头上翱翔。
从此处我看见了溪流的源头
和可怕的雪崩那最初的走向。

云朵恭顺地在我的脚下飘游;
透过云层传来瀑布飞泻的喧响。
云下是峭壁那赤裸裸的身影;
再低处则有苔藓和灌木生长;
接着便已有森林,已有绿荫,

---

① 此诗及之后三首,都是普希金1829年5月至8月旅行高加索的观感。

鹿群在奔跑，小鸟在歌唱。
在那儿已经有人居住在山上，
羊群在绿草茵茵的陡坡上游荡，
一个牧人向欢乐的山谷走去，
阿拉格维河在窄岸之间流淌，
一个贫穷的骑士藏在峡谷里，
捷列克河扬起了欢乐的波浪；

它翻滚咆哮，像年轻的野兽
见到铁笼子外的食物一样；
怀着枉然的敌意冲向河岸，
舔着悬崖，用它饥饿的波浪……
徒劳！既无食物，也无欢乐：
沉默的峭壁可怕地将它挤撞。

1829

雪崩

巨浪拍打着阴暗的山崖,
水花四溅,水声轰响,
雄鹰在我的头上鸣叫,
树林在哀伤,
群山的峰顶在雾霭之中
泛出了白光。

雪崩突然自峰顶产生,
隆隆轰鸣着迅速跌降,
它在整条峡谷之间,
筑起了屏障,
也阻止住了捷列克河
有力的巨浪。

哦,捷列克河,疲倦的你,

突然中止了你的呼喊；
但后续波涛顽强的愤怒，
在凿着积雪，
于是你发了疯，漫过了
自己的两岸。

千疮百孔的积雪横卧着，
像难以融化的庞然大物，
凶狠的捷列克河扬起水花，
在它下面奔突，
它在冲刷着冰雪的穹顶，
用喧嚣的水柱。

积雪之上是条宽阔的路：
马儿驶过，犍牛走过，
一位草原上的商人牵过
自己的骆驼，
如今拂过的只有风神，
这天上的住户。

1829

卡兹别克山上的修道院

高高耸立在群峰之上,
卡兹别克,你帝王般的峰顶,
正闪烁着永恒的光芒。
你那座云间的修道院,
就像浮游在天上的方舟,
依稀翱翔在群山之上。

遥远的梦寐以求的岸!
真想对峡谷说声再见,
然后攀上那自由的峰顶!
去那儿,藏进云后的密室,
我便可以与上帝毗邻!……

1829

"当你那年轻的年华……"①

当你那年轻的年华,
为喧嚣的传闻所玷污,
根据上流社会的判决,
你便无权将荣誉追求;

在冷漠的人群当中,
只有我分担你的痛苦,
为你向那冷酷的偶像,
我在发出徒劳的乞求。

但上流社会……不会

---

① 此诗是写给扎克列夫斯卡娅的。

改变它那残忍的控诉：
它不谴责自己的谬误，
却需要将谬误瞒住。

它那爱慕虚荣的爱情，
和极端虚伪的驱逐，
都该受到同样的蔑视：
让淡忘把心灵遮住。

莫去饮用痛苦的毒药，
离开这浮华闷人的天地，
离开这些疯狂的娱乐：
只有我一人是你的朋友。

1829

"你要我的名字有什么用……" ①

你要我的名字有什么用?
这名字会死去,像那拍打
遥远海岸的忧伤的波浪,
像那密林中深夜的声响。

在那留作纪念的一页上,
它将留下死亡的痕迹,
像棺木上铭刻的花纹,
那谁也读不懂的题词。

---

① 1830年1月5日,普希金应波兰裔美女卡罗林娜·索班斯卡娅的请求,在她的纪念册上写下了自己的名字,普希金1821年2月在基辅与索班斯卡娅相识,后又在奥德萨、彼得堡等地与她有交往。

这名字何用？在内心
新的骚动中它早被忘记，
它也不会给你的心灵
带去纯洁、温情的回忆。

但在忧伤时，在寂静里，
请你思念地将它唤起；
请你说：有人还记着我，
世上还有颗心被我占据……

1830

圣母像[1]

我从来不想用古代大师们
众多的画像装饰自己的居室,
不想听客人迷信地惊叹它们,
听内行的人得意扬扬地解释。

在我朴素的角落,劳作之余,
我只想永远把一幅画目睹,
想让她走下画布,像走在云端,
圣母,我们神圣的救世主——
她仪态端庄,她眼中含着智慧,
慈祥的她身披着荣誉和光环,

---

[1] 此诗是普希金写给未婚妻冈察洛娃的,诗人在一家商店里看到一幅圣母像后,便写了此诗,他还在1830年7月30日给冈察洛娃的信中写道:"我一连数小时地站在一幅头发淡黄的圣母的画像前,画上的圣母与您一模一样;要是它不是标价4万卢布,我就会买下它来。"

在锡安①的棕榈下,没有天使陪伴。
我的愿望终于实现。造物主
将你降赐给我,你就是我的圣母,
是最纯洁的美丽之最纯洁的榜样。

1830

---

① 锡安作为耶路撒冷的称号在《圣经·旧约》里多次出现。摩门教徒把锡安山当作圣地,称它为"上帝的天城"。

哀歌

那疯狂岁月的消隐的欢乐
使我沉重,就像蒙眬的醉意。
然而像酒,往昔生活的忧愁,
在我心中藏得越久便越有力。
我的路很忧伤。未来那滔海,
正为我将劳作和痛苦预示。

但我不愿死,哦,朋友们;
我想活着,为了受苦和思想;
在愁苦、烦恼和不安之间,
我知道,我还将得到欢畅:
时而我将再次陶醉于和谐,
把泪水抛洒在构思之上,
也许,爱情会以道别的微笑,
将我那忧伤的晚年映亮。

1830

道别[1]

最后一次,我在想象中
爱抚着你可爱的倩影,
用内心的力量惊起幻想,
怀着胆怯、忧伤的温柔,
回忆着你对我的爱情。

我们的岁月变换着逝去,
它也变换了我们和一切,
你已经为你的那位诗人,
披上了坟墓中的黑暗,
他对于你也已不存在。

---

[1] 1830年秋天,普希金在结婚之前写了三首献给以前情人们的诗,这是其中的第一首,是写给沃隆佐娃的。

遥远的女友,请接受
我这发自心灵的道别,
像一位丧夫的妻子,
像朋友,在友人被囚前,
默默地拥抱他的双肩。

1830

咒语

啊，如果这是真的，
当活人在夜间安睡，
当月光自天上洒落，
滑过棺木上的石碑，
啊，如果这是真的，
当静静的坟墓空无一人，
我呼唤幽灵，等待丽拉：
请来我这里，我的友人！

现身吧，我深爱的幽灵，
分别之前的你多么的
苍白冷漠，就像冬日，
最后的痛苦曾使你变形。
来吧，像遥远的星星，
像一阵微风或一个轻音，

或者像一个可怕的梦,
我都接受:请来这里!
我呼唤你的出现,
并非为了谴责那些
用恶意害死你的人,
或为探知坟墓的秘密,
并非为了时而因怀疑而痛苦……
但思念的我想说:
我一直在爱着,
我一直属于你:请来这里!

1830

不眠之夜写下的诗句

我睡不着,没有灯火;
到处是黑暗和讨厌的梦。
我的身边只滴答着,
钟表那单调的走动,
命运老女神的唠叨,
沉睡的夜晚的颤抖,
耗子般一生的奔忙……
你为何要将我惊扰?
你说什么?乏味的低语
是我失去的一天
发出的责备或私语?
你想要我干什么?
你在呼唤还是在预言?
我不想去理解你,
我在你身上寻找意义……

1830

"为了遥远祖国的海岸……" ①

为了遥远祖国的海岸，
你离开了这异乡的土地；
难忘的时刻，忧伤的时刻，
我曾在你面前久久哭泣。
我那双变得冰凉的手，
竭尽全力想把你挽留；
我的呻吟在不断祈求，
别中止这可怕的别愁。

可你却挪开了双唇，
结束了痛苦的热吻；

---

① 此诗表达了诗人对阿玛丽娅·里济尼奇的怀念。

唤我离开黑暗的流放，
你要我去异乡安身。
你说："在相会之日，
在永远蔚蓝的天空下，
橄榄树下，我的朋友，
我们将重温爱的热吻。"

但是，唉，在那个
天穹蔚蓝闪耀的地方，
橄榄倒映水面的地方，
你却沉入了最后的梦乡。
你的美丽，你的痛苦，
已经在坟墓里消失，
与热吻和拥抱一起……
但我还在等它；它和你……

1830

回声

无论是野兽在密林中嗥叫,
还是号角在鸣,雷霆在响,
还是姑娘在山那边歌唱,
对所有的声音,
你都会突然在空旷的天空
发出你的回响。

你倾听着雷霆的轰鸣,
听着呼啸的风暴和波浪,
你向那乡野牧人的呼喊,
把你的回答送上;
可你却没有得到回音……
诗人也和你一样!

1831

美人[1]

她的一切都和谐，都神奇，
一切都超越了宁静和激情；
她面带羞怯地静立那里，
焕发着庄重崇高的美丽；
她在将身边的一切打量：
她没有对手，没有女友；
我们美人们苍白的圈子，
在她的辉映下没了踪影。

无论你是忙着去哪儿，
哪怕是去和恋人约会，
无论你往自己的心里，

---

[1] "美人"是指叶莲娜·米哈伊洛夫娜·扎瓦多夫斯卡娅(1807—1874)，这首诗是写在她的纪念册上的。

装进了什么样的幻想,
一遇见她,羞怯的你,
仍会禁不住突然停下,
你会虔诚地充满景仰,
面对着这美丽的圣像。

1832

致某某①

不不,我不该,我不敢,我不能
再疯狂地沉湎于爱情的激动;
我严格地守护着自己的安宁,
不愿再让心灵燃烧,迷惘;
不,我已爱够;但是为什么,
我仍时而陷入短暂的幻想,
当年轻的纯洁的上天的创造,
偶尔走过我的身旁,一晃,
消失?……难道我已无法
怀着忧伤的激情将姑娘欣赏,
用眼睛追随着她,并静静地
祝愿她幸福,祝愿她欢畅,
衷心地希望她一生顺利,

---

① 据说,此诗是献给纳杰日达·里沃夫娜·索洛古勃(1815—1903)的。

有无忧的悠闲,欢乐的安宁,
祝福一切,甚至祝福她选中的人,
那将可爱的姑娘称作妻子的人?!

1832

"在纯净无瑕的原野上……"

在纯净无瑕的原野上，
波浪般的积雪泛着银光，
月光闪耀，三套马车
飞奔在立着路标的路上。

唱吧：在旅行烦闷时，
在途中，在这黑夜里，
大胆地唱出那亲切的声音，
会使我感到十分甜蜜。

唱吧，车夫！我将会
默默地听着你的歌声。
明亮的月儿冷冷地照着，

风在遥远的地方悲鸣。

唱吧:"松明啊,松明,
你为何燃烧得不明亮?"

1833

·普希金诗选·

"是时候了,我的朋友!
心在祈求安宁……"①

是时候了,我的朋友!心在祈求安宁,
岁月一天天地飞去,每个时刻都在
带走一份生活,我俩正准备去生活,
可是一看,我们很快就将不复存在。
世上没有幸福,但是有安宁和自由。
我早就在幻想这令人羡慕的命运——
我这个疲倦的奴隶,早就在设想
逃向劳作和纯洁温情的遥远居所。

1834

---

① 此诗约写于1834年夏,当时,普希金提出了退休、住到乡村去的请求,但遭到拒绝;这首写给妻子的诗,反映了普希金当时的心境。

"我在忧伤的风暴中成长……"

我在忧伤的风暴中成长,
我岁月的水流曾久久泛滥,
如今却暂时地静静睡了,
它在反射着天空的蔚蓝。
会很久吗?……仿佛都已过去,
那昏暗的风暴和痛苦的诱惑……

1834

"我忧伤地站在墓地中……"①

我忧伤地站在墓地中，
我看着四周，身边
是死亡神圣的废墟，
是围成一圈的草原。
一条乡间的小道，
穿过这永恒的宿营地，
路上有辆忙活的大车，
　　时而发出声响。②

左边右边都是平地。

---

① 此诗是对鲍尔金诺乡村墓地的描写。
② 此行有空缺。

没有河流、树木和山冈。
只能看到几片灌木丛。
无声的石碑和坟场，
和一支支木质的十字架，
都显得单调、忧伤。

1834

乌云

消散的风暴之最后的乌云!
只有你在明净的蓝天上飘荡,
只有你投下了忧郁的阴影,
只有你为欢乐日子平添忧伤。
不久前你曾把天空包围,
闪电又可怕地将你缠绕;
于是你发出了神秘的雷霆,
于是你用雨水将大地灌浇。
够了,隐去吧!时辰已过,
大地复兴,风暴已逝去,
风儿爱抚着树上的新叶,
要将你逐出安宁的穹宇。

1835

"我以为,心儿已失去……"

我以为,心儿已失去
感受痛苦的轻盈能力,
我说:已经过去的,
就让它过去!让它过去!
去了,轻信的幻想,
去了,欢乐和忧郁……
可它们又颤动起来,
面对这强大的美丽。

1835

·普希金诗选·

"哦不,我并不厌倦生活……"

哦不,我并不厌倦生活,
我爱人生,我要人生,
虽然已失去自己的青春,
可心灵还没有完全变冷。
我还保持着幸福的感受,
为了我的那种好奇心,
为了想象那可爱的梦,
为了所有的　　感情。①

1830—1836

---

① 此行有空缺。